Kajsa Arnold
Jaden
Kissing a Stranger

Geboren wurde Kajsa Arnold im Ruhrgebiet. Die passionierte Autorin hat bereits erfolgreich mehrere Romane veröffentlicht und lebt nach mehr als elf beruflich bedingten Umzügen mit ihrer Familie wieder in Nordrhein Westfalen. Mehr erfahren Sie auf ihrer Homepage:
kajsaarnold.de

Kajsa Arnold

Jaden
Kissing a Stranger

Oldigor Verlag

Deutsche Erstveröffentlichung
Ausgabe Juni 2014
verlegt durch Oldigor Verlag, Rhede

1. Auflage
Satz und Gestaltung: Oldigor Verlag
Fotos: © CURAphotography,- fotolia.com
© mashaktcur - fotolia.com
ISBN 978-3-945016-65-7
www.oldigor.de

Für Dich,
der Du mir den Weg weist

Wäre deine Liebe ein Verbrechen,
würde ich es dennoch nicht bereuen.

Michael Klimes,
und Marlon B.
Aus: Deine Waffe ist die Liebe
(Söhne Mannheims)

1. Kapitel

Ich habe lange darüber nachgedacht, ob ich fahren soll. Habe hin und her überlegt, ob dies wirklich eine gute Idee ist. Am Ende bin ich überzeugt davon, dass zwölf Jahre lang genug sind. Mom nach so einer langen Zeit endlich wiederzusehen ist eine gute Sache, dafür nehme ich gerne eine Zwanzigstundenfahrt von Boca Raton / Florida nach New Haven auf mich. Es macht Spaß, mit meinem neuen Cabrio zu fahren, offen – weil die meiste Zeit die Sonne scheint. Die letzten Juliwochen in Connecticut mit seinen milden Temperaturen von 25 Grad zu verbringen, ist mir weitaus lieber, als bei über 30 Grad in Florida zu braten.

Ich lächle und lehne mich in meinem neuen Auto bequem zurück. Dank des letzten Schecks meines Verlages war dieses Schmuckstück, auf das ich bereits mehr als ein Auge geworfen hatte, endlich drin.

Immer wieder kann ich nur den Kopf

darüber schütteln, was aus mir geworden ist. Obwohl ich mich doch bereits schon als Betreuerin psychisch Kranker gesehen habe, krempelte ich von einem Tag auf den anderen mein ganzes Leben um. Mit dem Ergebnis, dass ich nun als erfolgreiche Autorin im Sonnenstaat Florida in einem wunderschönen Haus lebe und ein tolles Cabrio fahren darf. Gut, das sind nur materielle Dinge, die mein Leben erleichtern und verschönern, aber ich kann sie mir leisten und das Geld dafür verdiene ich sogar selbst. Ich denke, dass es nicht das schlechteste aller Leben ist, das ich führe.

Doch der Preis dafür war hoch. Ich habe meine Mutter verlassen, die mit ihrem Ehemann Harry Styles, einem ehemaligen Tennisstar, in New Haven lebt und ein Tenniscamp für Kinder betreibt. Meine letzte Erinnerung an sie ist, wie sie in ihrem Rollstuhl sitzt und mir zuwinkt, als ich mit meinem alten Käfer aus der Einfahrt biege und einer ungewissen Zukunft entgegenfahre.

Sie hatte mit Sicherheit wahnsinnige Angst um mich, aber sie ließ mich ziehen, und das rechne ich ihr hoch an. Sie hat mich meinen

Weg selbst finden lassen und ich habe ihn gefunden, wenn auch anders, als vorher gedacht. Wir telefonieren regelmäßig, doch gesehen habe ich sie all die Jahre nicht. Nach New Haven zurückzukehren, dazu fehlte mir der Mut.

Auf halbem Weg mache ich in einem Motel halt, schlafe die Nacht über und fahre bei Morgengrauen weiter. Erst gegen neun Uhr am Abend erreiche ich Connecticut. Mom und Harry leben noch immer in demselben Haus, in das wir gezogen waren, als sie beschlossen, zusammenzuleben. Eine große weiße Villa in einer sehr schönen Wohngegend.

Ich parke mein Cabrio vor den Garagen und steige aus. Noch bevor ich meinen Kopf wende, steht Mom plötzlich an der offenen Haustür. Wir starren uns einen Augenblick an, dann kommt sie schnell auf mich zugerannt und ich bleibe verblüfft stehen. Mom rennen zu sehen, verschlägt mir die Sprache. Erst als sie bei mir ankommt, mich in ihre Arme reißt, erwache ich aus meiner Trance.

»Mom«, flüstere ich und drücke sie fest an mich. »Mom, du kannst wieder laufen, das ist wunderbar.«

Natürlich hat sie mir in unseren Telefonaten davon erzählt, aber es mit eigenen Augen zu sehen, ist etwas ganz anderes.

»Es ist ein Wunder«, lache ich plötzlich und schiebe sie ein wenig von mir, um ihr in die Augen zu sehen, denn Mom ist ein wenig kleiner als ich. Mir laufen die Tränen über die Wangen. Sie sieht so glücklich aus! Ihre Haare sind etwas kürzer, aber es ist kein graues Haar zu entdecken, nur kleine Fältchen umranden ihre Augen, die mir zeigen, dass auch sie älter geworden ist.

»Harry hat nicht aufgegeben, bis er mich dazu gebracht hat, den Kampf gegen den Rollstuhl aufzunehmen. Es hat Jahre gedauert, jeden Tag Physiotherapie, aber es hat sich ausgezahlt. Ich spiele sogar ein wenig Tennis«, erzählt sie mir mit strahlenden Augen. Dann schaut sie zur Tür.

Ich folge ihrem Blick und sehe dort Harry stehen. Wie immer groß, braungebrannt, mit einem freundlichen Lächeln im Gesicht. Und mit diesen Augen, die mich an jemanden ganz anderen erinnern, an den ich aber nicht erinnert werden will. Niemals mehr.

Ich nehme Mom in den Arm und wir gehen zusammen auf Harry zu. »Ava, wie schön, dich endlich wiederzusehen. Oder soll ich lieber Rose sagen?«, fragt er mit einem schelmischen Lächeln, als er auf mein Pseudonym anspielt, unter dem ich so erfolgreich meine Romane veröffentliche.

»Nein«, ich schüttle lachend den Kopf, »für euch bin ich immer noch Ava.«

Mom wischt sich über die Augen und eine kleine Tränenspur bleibt zurück.

»Gib mir deinen Autoschlüssel, ich hole dein Gepäck und bringe es auf dein altes Zimmer.«

Im Haus hat sich nicht viel verändert, es ist immer noch so großzügig wie eh und je. Mom nimmt mich wieder in ihre Arme. »Kind, ich bin so glücklich, dass du hier bist und es dir gut geht. Du hast keine Vorstellung, wie stolz ich auf dich bin. Alle meine Freundinnen lieben deine Bücher. Sie können gar nicht genug von ihnen bekommen.«

»Ja«, nicke ich, »ich kann kaum so schnell schreiben, wie meine Leser mehr fordern.

Aber in den nächsten zwei Wochen mache ich Urlaub und lasse es etwas ruhiger angehen. Der neue Roman kommt erst in einem halben Jahr heraus und mein Abgabetermin ist in sechs Wochen, also habe ich noch ein wenig Zeit.«

»Möchtest du etwas essen? Soll ich dir schnell eine Kleinigkeit machen?«

»Nein danke, Mom. Ich habe unterwegs angehalten und gegessen.«

»Dann lass uns im Wohnzimmer noch etwas trinken, bevor du dich ausruhen kannst.«

Sie serviert einen Eistee, denn Alkohol gibt es keinen im Haus. Harry ist trockener Alkoholiker, seit über zwanzig Jahren. Er kommt ins Wohnzimmer und setzt sich zu Mom, legt den Arm um sie, als wäre es nie anders gewesen. Dabei war es Harrys Schuld, dass Mom im Rollstuhl saß, er war betrunken Auto gefahren und hatte sie dabei angefahren. Mom aber konnte ihm vergeben, und als Harry sich in sie verliebte, nahm sie sogar seinen Heiratsantrag an.

Inzwischen bin auch ich dankbar dafür, dass es Harry in Moms Leben gibt, nur so konnte ich meinen Weg gehen. Damals als ...

Ich sollte nach ihm fragen, das gebietet

eigentlich der Anstand, doch die Frage will mir nicht über die Lippen. Dabei ist er Harrys Sohn ... Jaden – der mir das Herz gebrochen hat. Der aber auch ein wenig dafür verantwortlich ist, dass aus mir eine erfolgreiche Autorin geworden ist. Denn unsere Liebesgeschichte war der Roman, der den Grundstein für meinen Ruhm legte, der Startschuss zu allen späteren Erfolgen. Jason - Kissing My Love, erzählt die Geschichte meiner Liebe zu ihm, nur geht dieser Roman glücklich aus, daher kann ich ruhigen Gewissens behaupten, die Story sei frei erfunden.

Auf dem Sideboard sehe ich einige Fotos und stehe auf, um sie mir anzusehen. Mein Gott, wie unbefangen ich darauf wirke.

»Wie wir damals aussahen!«, rufe ich aus und lache, als ich das Bild von Hope, meiner besten Schulfreundin, und mir in die Hand nehme. Wir hatten es damals mit dem Handy aufgenommen, kurz bevor ich New Haven verließ. Dann fällt mein Blick auf ein anderes Foto. Es zeigt … ihn und ich muss schlucken. Es ist ein Schock für mich – aus Jaden ist ein umwerfend gut aussehender Mann geworden.

Er trägt einen Anzug, sein Blick ist ernst, obwohl er lächelt. Er lehnt lässig an dem Barhocker in der Küche. Seine Haar trägt er immer noch kinnlang und mir fallen seine Tattoos ein, die zwar der Anzug verdeckt, von denen ich aber weiß, dass es sie gibt. Ich schließe die Augen und atme langsam aus.

»Jaden sieht sehr gut aus«, sage ich leise, um endlich etwas zu sagen, denn ich weiß, dass Mom und Harry mich hinter meinem Rücken genau beobachten.

»Ja, es geht ihm auch gut. Er hat eine sehr erfolgreiche Firma für Internetsicherheit gegründet.«

Stolz schwingt in Harrys Stimme und ich lächle ihn an, es ist ehrlich gemeint. Jaden war schon immer erfolgreich in allem, was er tat. Besonders darin, mir das Herz zu brechen, doch das sage ich natürlich nicht laut.

»Das ist schön zu hören.« Etwas lahm, ich weiß, aber ich finde, mehr kann man von mir nicht verlangen.

Als ich hinter vorgehaltener Hand gähne, steht meine Mom auf und meint: »Du solltest dich wirklich ausruhen, die Fahrt war lang und wir haben in den nächsten Tagen noch genug Zeit, uns zu unterhalten. Wenn du morgen ausgeschlafen hast, fahren wir zum Camp raus und du schaust dir alles an. Du schläfst in deinem alten Zimmer.«

Ich verabschiede mich von beiden mit einem Kuss und laufe hinauf in die erste Etage. Es ist alles so vertraut, als ich durch den Flur wandere und vor meinem Zimmer stehen bleibe, werfe ich einen Blick zur gegenüberliegenden Tür, dort, wo früher Jadens Zimmer war. Er lebt natürlich nicht mehr hier. Als er vor zwölf Jahren in jener Nacht einen Anruf aus Spanien erhielt, packte er kommentarlos seine Reisetasche und verschwand mit den Worten: *Ich kann nicht anders, aber ich bin bald zurück*. Nur, dass er nicht zurückkam. Weder in der nächsten Woche noch im nächsten Monat. Auch beantwortete er meine E-Mails und SMS nicht.

Er hatte mich so was von abgesägt, dass ich es nicht fassen konnte. Die mitleidigen Blicke meiner Mutter ertrug ich irgendwann nicht mehr, ebenso wenig wie Harrys Versuche, das Verhalten seines Sohnes zu entschuldigen. Selbst mit Hope konnte ich damals nicht reden, hatte ihr Freund sie doch gerade ebenfalls verlassen.

Sie musste ihre eigenen Wunden lecken. Anstatt uns gegenseitig zu trösten, entfernten wir uns immer weiter voneinander. Nach zwei Monaten war ich das Warten leid, packte meine Sachen und zog nach Florida, um Literatur zu studieren.

Schluss mit der Wehmut – ich wende mich der Tür meines Zimmers zu und trete ein. Ein Glück, keine alten Erinnerungen. Mom hat den Raum renovieren lassen. Die Wände strahlen in mediterranen Farben, die Möbel sind aus dunklem Holz. Es sieht gemütlich aus und erinnert mich ein wenig an Florida. Mom hat mir sogar einen richtigen Schreibtisch ins Zimmer gestellt, damit ich dort ein wenig arbeiten kann. Selbst meine Sachen sind schon ausgepackt, das hat bestimmt Alba, die neue Hausangestellte besorgt.

Ich dusche schnell und ziehe einen kurzen Shorty an, dann krieche ich müde ins Bett, obwohl es noch nicht spät ist. Auch wenn das Zimmer neu ist, der Duft, der hier in allen Ritzen hängt, riecht so vertraut, dass ich mit einem glücklichen Seufzen einschlafe.

2. Kapitel

Ich wache auf, weil meine Zunge am Gaumen klebt. Mein Gott, habe ich einen Durst!

Sofort greife ich neben meinem Bett nach der Wasserflasche, doch ich fasse ins Leere. Ach ja, ich bin in New Haven, nicht in Boca Raton. Mein Durst ist so groß, dass ich erst einmal ins Bad gehe und dort einen Schluck trinke. Danach bin ich hellwach und kann nicht mehr schlafen.

Vielleicht tut mir ein Tee gut, denke ich und gehe im Dunkeln hinunter in die Küche.

Im Haus ist alles still und ich freue mich darüber, dass ich den Entschluss gefasst habe, hierher zurückzukehren. Auch wenn es nicht für immer ist, denn mein Zuhause ist in Florida.

In der Küche muss ich kein Licht anschalten, der Mond scheint hell durch das Fenster. Vielleicht sollte ich doch eine Kleinigkeit essen und schaue im Kühlschrank nach, ob ich etwas finde.

»Mit einer Flutwelle von Heldenmut habe

ich mich hierher gewagt, in der Hoffnung, dich zu treffen.«

Erschrocken fahre ich hoch und knalle die Tür zu. Nicht, dass ich mich ertappt fühle, aber die Stimme jagt mir einen so großen Schreck ein, dass ich zu zittern beginne.

»Verdammt, muss du mich so erschrecken?«, zische ich leise und drehe mich um. Ich kann nicht fassen, dass er dort steht. Der Mann, den ich in den letzten zwölf Jahren so erfolgreich aus meinem Gedächtnis gestrichen habe. Der Mann, der mein Stiefbruder ist und in den ich als junges Mädchen so wahnsinnig verliebt war. Lässig lehnt er am Tresen, wie auf dem Foto im Wohnzimmer.

»Jaden, was machst du hier?«

»Ich besuche unsere Eltern.«

»Aber Mom sagte, dass du in ...«, ich verstumme. Ich will nicht mit ihm reden.

»Was? Dass ich im Moment in London bin? Das war ich auch, vor zehn Stunden jedenfalls noch. Dann hing ich am Flughafen fest, und als ich endlich hier ankam, schliefen alle schon. Nun bin ich wieder da und dachte, ich sage schnell *Hallo*. «

Er scheint nicht im Geringsten überrascht zu sein, dass ich hier bin, folglich muss er es gewusst haben.

»Dann wünsche ich dir eine gute Heimfahrt.« Ich will gehen, doch er stellt sich mir in den Weg.

»Das ist alles, was du mir nach all der Zeit zu sagen hast?«, fragt er verblüfft.

Seine Stimme ist tiefer als früher, sie hört sich rau und sexy an und mir bricht der Schweiß aus. Ich atme schnell ein und aus, es fühlt sich fast so an, als würde Jaden mir die Luft zum Atmen rauben. So war es immer schon, er war der erste Typ, der mich vollkommen umgehauen hat. Ich versuche, zu ignorieren, wie ich immer noch auf ihn reagiere.

»Ich habe dir nichts zu sagen, egal wie lange es her ist.« Meine Stimme ist leise und krächzt ein wenig, weil mein Hals schon wieder trocken ist. Ich drehe mich um und hole endlich die Wasserflasche aus dem Kühlschrank.

»Hast du auch eine für mich?«, fragt er und schaut auf die kleine Plastikflasche. Genervt drücke ich ihm meine in die Hand und nehme mir eine neue. Dabei achte ich peinlich genau darauf, dass sich unsere Finger nicht berühren.

»Danke, Ava.«

Wie er meinen Namen ausspricht! Ich würde am liebsten schreiend aus dem Haus laufen, ich kann es einfach nicht fassen, dass er hier vor mir steht. Meine Mutter hatte mir versichert, dass er verreist wäre, nur deshalb beschloss ich, nach Hause zu kommen. *Tja, falsch gedacht, Ava!* So ein verdammter Mist.

Verstohlen mustere ich ihn im fahlen Mondlicht, keiner von uns scheint das Verlangen zu haben, das Licht anzuschalten.

Er öffnet geschickt den Drehverschluss der Flasche und trinkt einen Schluck. Als er den Arm hebt, sehe ich, wie sich sein Hemd über seinem Bizeps spannt. Er sieht immer noch umwerfend aus. Nein, ich muss mich korrigieren, er sieht wesentlich besser aus als vor zwölf Jahren. Aus dem Jungen ist ein atemberaubend gut aussehender Mann geworden, mit einem Körper, wie man ihn sich nur wünschen kann. Seine Gestalt scheint durchtrainiert, die Hüften schmal, der Oberkörper muskulös, ohne übertrieben zu wirken. Er hat die Ärmel seines weißen Hemdes aufgekrempelt und sein Tribal-Tattoo ist auf der sonnengebräunten Haut zu sehen. Jede Frau muss einfach dahinschmelzen, wenn er ihr auch nur einen Blick gönnt, nur ich möchte am liebsten flüchten. Obwohl es dunkel ist, nehme ich diese Einzelheiten wahr, er ist mir immer noch so vertraut, nach all der Zeit. Ich kann es kaum glauben.

»Wie man hört, bist du in dem, was du tust, sehr erfolgreich.« Jaden lässt seinen Blick über meinen Körper gleiten. Erst jetzt werde ich mir meiner kurzen Shorty bewusst und wünsche mir einen Wintermantel, trotz der sommerlichen Temperaturen.

»Das Gleiche habe ich heute auch über dich gehört«, entgegne ich und schenke ihm ebenfalls einen Blick, der seinen Körper streift.

»Ich kann mich nicht beklagen, meine Firma läuft gut, allerdings kann ich nicht mit Büchern dienen, die es bis auf Platz 1 der Bestsellerliste geschafft haben.«

Ich winke ab. »Das sind nur Momentaufnahmen, Ruhm kommt und verschwindet auch genauso schnell wieder.«

Er trinkt einen weiteren Schluck und grinst plötzlich. »Obwohl ich nicht ganz unbeteiligt an deinem Erfolg bin. Hätte ich dich damals nicht so schändlich im Stich gelassen, hättest du mit Sicherheit nicht dieses Buch geschrieben.«

O. Mein. Gott! Er kennt mein Buch.

»Du hast es also gelesen?«, frage ich vorsichtig und muss einen Schluck Wasser trinken. Die Luft hier ist plötzlich so trocken.

»Nein, ich habe nicht *dein Buch* gelesen, ich habe *alle* deine Bücher gelesen.«

Es ist hier eindeutig zu heiß.

»Das sind Frauenromane!«, rufe ich fast verzweifelt. Dann kommt mir eine Idee. »Oh, bestimmt hast du sie für deine Frau oder Freundin gekauft.« Ich weiß nicht, ob er verheiratet oder liiert ist, Jaden war nie wieder ein Thema zwischen Mom und mir. Ich hatte ihr verboten, über ihn zu sprechen.

Er schüttelt den Kopf. »Nein, ich habe sie für mich gekauft. Ich gebe zu, zuerst war es reine Neugier, weil ich wissen wollte, wie ich in deinem Buch abschneide. Ich hatte eine Art Abrechnung erwartet, aber dass wir uns in deinem Buch am Ende kriegen, hat mich dann etwas überrascht.«

»Das sind nicht wir in meinem Roman. Ich gebe zu, der Anfang hat eine gewisse Ähnlichkeit mit unserer ersten Begegnung, doch der Protagonist ist wesentlich einfühlsamer und hat mehr Charakter, als du je haben wirst.«

»Du bist nach all diesen Jahren immer noch verletzt. Habe ich dich so tief getroffen?«

Ich mache eine wegwerfende Handbewegung. »Du überschätzt dich, mittlerweile bist du mir völlig egal. Ich bin nicht verletzt, sondern gelangweilt.«

»Autsch, du hast mir gerade das Messer nicht nur mitten ins Herz gestoßen, sondern es auch noch umgedreht. Ob diese Wunde jemals heilen wird, wage ich zu bezweifeln.«

»Dann weißt du ja, wie es mir mal ergangen ist.«

Verdammt, das wollte ich überhaupt nicht sagen! Ich will keine Gefühle preisgeben, nicht vor Jaden, nicht vor meiner Mom, vor niemandem. Emotionen lasse ich nur in meinen Romanen zu. Meine Protagonisten erleben an meiner Stelle Leid und Liebe, ich tue das nicht mehr. Dafür waren meine

Erfahrungen zu schmerzhaft. Ich habe mir ein Leben eingerichtet, in dem solche Anwandlungen nicht mehr vorkommen, und ich lebe gut damit.

Ich schnappe die kleine Wasserflasche, mache mich auf den Weg in die obere Etage. Ohne ein Wort. Doch als ich an meinem Zimmer ankomme, spüre ich, dass Jaden direkt hinter mir ist.

»Du kannst nicht vor mir weglaufen, Butterfly, niemals mehr«, flüstert er mir ins Ohr und ich spüre die Wärme seines Körpers. Ich stehe einfach nur da und schließe die Augen. Ich will ihn nicht ansehen. Doch das ist auch gar nicht nötig, denn einen Moment später höre ich die Tür seines Zimmers leise ins Schloss fallen.

Schweißgebadet wache ich aus einem fürchterlichen Traum auf. Mein Atem geht schnell, als hätte etwas schwer auf meiner Brust gelegen und mich beim Atmen behindert. Was für ein wirrer Traum. Irgendetwas von Jaden, der plötzlich auftaucht und mir in der Küche auflauert, als ich nach etwas

Essbarem gesucht habe. Er sah so gut aus, dass mir die Luft wegblieb. Dann war er mir bis vor mein Zimmer gefolgt, jedoch in seines verschwunden.

So ein Blödsinn, denke ich verschlafen, er ist in London. Es muss an diesem Haus liegen, dass ich auf einmal von ihm träume.

Stechende Kopfschmerzen machen sich bemerkbar und ich lasse mich wieder in die Kissen fallen. Vermutlich habe ich zu lange geschlafen, die Sonne steht schon hoch am Himmel und es ist heiß, ich habe vergessen, die Klimaanlage anzustellen.

Als es an der Tür klopft, vermute ich meine Mutter, doch als sich die Tür öffnet, wird mir klar, dass mein Traum fürchterliche Realität ist.

3. Kapitel

Leise betrete ich das Zimmer, um Ava ihr Frühstück ans Bett zu bringen. Sie ist bereits wach und sofort sehe ich ihr an, dass sie mit meinem Erscheinen nicht gerechnet hat. Sie sieht immer noch verdammt sexy aus, wie ich finde, noch mehr als vor zwölf Jahren. Sie wirkt reifer, als hätte der Erfolg ihr Selbstbewusstsein gestärkt. Die Ablehnung, die mir entgegenschlägt, ignoriere ich einfach.

»Guten Morgen, Butterfly. Ich habe hier Frühstück für dich.«

Sie sieht mich an, als hätte ich nicht alle Tassen im Schrank. »Was machst du hier? Ich dachte, du wärst nur ein fürchterlicher Albtraum gewesen.«

»Traummänner bringen doch gerne ein Frühstück ans Bett.«

Sie zieht eine Grimasse, der Witz scheint ihr nicht zu gefallen. »Ich mag kein Frühstück. Wo ist meine Mutter?«

Sie will aus dem Bett aufstehen, doch ich bin schneller und stelle das Tablett auf ihre Oberschenkel, sodass sie sich nicht rühren kann.

»Sie sind schon zum Camp raus, wir treffen sie später dort, du willst es dir bestimmt ansehen. Was hältst du von einer Partie Mixed?«

»Tennis?«, fragt sie überrascht.

»Ireland hat erwähnt, dass du gelegentlich spielst.«

»Meine Mom ist also eine Verräterin geworden?«

Ich fange an, ihr ein Brötchen zu schmieren und belege es mit Gurkenscheiben, so sah früher immer ihr Frühstück aus.

»Ich möchte nicht mit dir früh ...«

Um ihren Redeschwall zu unterbrechen, schiebe ich ihr einfach die Brötchenhälfte in den Mund, und sie verstummt.

»Hör mal, Ava. Ich habe vor, einige Tage hier bei meinem Vater zu verbringen, deshalb sollten wir eine Art Waffenstillstand schließen. Was meinst du?«

Sie nimmt das Brötchen aus dem Mund

und wirft ihre langen dunklen Locken über die Schulter zurück. Ich hatte vergessen, wie sinnlich diese Geste ist.

»Ich werde wieder abreisen, das meine ich dazu.«

»Hey, Butterfly ...«

»Nenn mich nicht so«, sagt sie kauend und funkelt mich böse an. O Gott, wie ich diesen Blick liebe. Nein, falscher Gedanke. Ich hatte mir vorgenommen, sie in Ruhe zu lassen. Ich wollte Ava einfach nur wiedersehen, doch ein Blick in ihre wunderschönen Augen und alle guten Vorsätze lösen sich in Rauch auf.

»Du kommst also nach zwölf Jahren wieder hierher, um einfach so aufzugeben?« Ich schüttle ungläubig den Kopf. »Das ist nicht die Ava, die ich früher einmal kannte.«

»Ich glaube nicht, dass du mich je gekannt hast. So, und nun verschwinde aus meinem Zimmer, ich will mich fertig machen.«

Sie drückt mir das Tablett in die Hand und verschwindet ins Bad.

* * *

Ich sitze neben Jaden in seinem Jaguar F Typ S Cabriolet und fasse es nicht, dass ich mich dazu habe überreden lassen. Ich sollte meine Sachen packen und einfach wieder nach Hause fahren. Doch vorher muss ich mit Mom sprechen. Sie wird verstehen, dass ich das hier nicht kann. Ich habe Jaden vor zwölf Jahren aus meinem Leben gestrichen, und auch wenn er nie wirklich ganz daraus verschwunden ist, ist mir nicht daran gelegen, ihm wieder einen Platz darin zu gewähren, das schaffe ich einfach nicht.

»Du wirst Augen machen, was Mom und Dad aus dem Camp gemacht haben.« Er schaut kurz zu mir herüber.

»Du nennst meine Mutter *Mom*?« Ich bin außer mir. Dass er sie Ireland nennt, finde ich okay, aber *Mom*? »Sie ist meine Mutter, was fällt dir ein?« Ich kann es nicht fassen, er hat sich in ihr Herz geschlichen, so wie er es damals bei mir gemacht hat. Ich erinnere mich noch an unseren Tanz, einen Lambada, durch den er mich um den Verstand brachte, bis ich gar nicht mehr denken konnte. Doch jetzt sehe ich klar.

»Ireland war mir in den letzten Jahren mehr Mutter, als es meine eigene je war. Also solltest du aufhören, dich darüber zu mokieren. Ich nehme dir deine Mom schon nicht weg. Hast du dir mal Gedanken gemacht, dass auch ich in den letzten elf Jahren für sie da war?«

Ja, es wurmt mich ungemein, dass er ein gutes Verhältnis zu meiner Mom hat, doch etwas an dem, was er sagt, lässt mich aufhorchen.

»Elf Jahre? Du bist seit elf Jahren wieder hier?«

Er schaut weiterhin auf die Straße, nur seine Kiefermuskeln arbeiten.

Diese Information ist neu für mich und haut mich um. Ich bin immer davon ausgegangen, dass Jaden erst einige Jahre nach unserer Trennung wieder zurückgekehrt ist.

»Ich bin nach zehn Monaten wiedergekommen und, wenn es so weit ist, werde ich dir erzählen, was passiert ist. Doch noch bist du nicht so weit.«

»Du meinst wohl, du bist noch nicht so weit.«

»Nein, du bist noch nicht so weit, mir zu verzeihen.«

»Das, mein lieber Stiefbruder, wird nie geschehen.«

***

Wow, das Anwesen des Tenniscamps ist wirklich riesig. Es gibt mehr als zwölf Tennisplätze, eine Anzahl von kleinen Häusern, in denen die Kinder am Wochenende oder in den Ferien übernachten können, ein großes Haupthaus, in dem die Büros und der Essensraum untergebracht sind. Die Anlage ist üppig bepflanzt und sehr gepflegt, alles blüht in bunten Farben. Wohin man schaut, laufen fröhliche Kinder herum. Ich kann mir gut vorstellen, dass Mom hier glücklich ist.

»Es ist sehr beeindruckend, was hier entstanden ist. Ich weiß noch, wie die Bagger hier ...« Ich unterbreche meinen Redeschwall, die Bilder von früher erinnern mich an Jaden und seine Küsse, als wir damals vor der Baustelle gepicknickt haben.

Verlegen schaue ich zu ihm auf und ich glaube, er denkt in diesem Augenblick auch daran.

»Da seid ihr ja.« Die Stimme meiner Mom

bricht den Bann und ich konzentriere mich ganz auf sie.

»Mom, mein Gott, ist das hier toll!« Ich nehme sie in die Arme und ziehe sie aus Jadens Hörweite. Doch dann sehe ich, dass Harry seinen Sohn entdeckt hat und ihn zu sich ruft.

»Mom, was macht er hier? Woher weiß er, dass ich bei euch bin?« Ich blicke meine Mutter strafend an, auch wenn ich sicher bin, dass sie das nicht zu verantworten hat.

»Es tut mir leid, Ava. Ich habe mich verplappert. Er rief an und ich sagte, dass ich mich beeilen muss, dein Bett zu beziehen. Als er fragte, ob du uns besuchen kommst, konnte ich ihn nicht anlügen.«

»Du? Du hast es ihm verraten?« Ich kann es nicht glauben. Meine Mom steckt mit Jaden unter einer Decke.

»Bitte, Schatz, es tut mir leid. Ich konnte ja nicht wissen, dass er den nächsten Flieger zurücknimmt.« Sie sieht mich so flehend an, dass ich ihr einfach nicht böse sein kann. Vielleicht war es an der Zeit, dass wir uns wiederbegegnen. Ich glaube nicht, dass meine Mom mich absichtlich verraten hat. Das Schicksal hat so entschieden.

»Komm, mein Mädchen, ich zeig dir alles.«

Wir treffen Harry und Jaden auf einem der Plätze, wo beide sich gerade warmspielen. Jaden sieht einfach umwerfend aus in seinen kurzen blauen Hosen und dem weißen Poloshirt. Er ist mindestens so braungebrannt wie Harry, der jeden Tag an der frischen Luft zu sein scheint.

»Also, was haltet ihr von einem Mixed? Ireland hat erzählt, dass du auch ab und an spielst, Ava.« Harry strahlt mich an und ich kann nicht anders, als nicken.

»Ich spiele mit Mom!«, ruft Jaden und sieht mich provozierend an.

Meine Mutter lächelt ihn glücklich an und meint: »Gut, wir ziehen uns schnell um.«

Ich habe alle Asse in der Hand, denn Harry war früher Profitennisspieler und jahrelang die Nummer eins. Doch bereits bei Jadens erstem Aufschlag sehe ich, dass er uns nichts schenken wird. Er ist ebenfalls ein ausgezeichneter Spieler und sein Aufschlag rauscht an mir vorbei, tippt kurz vor der Begrenzungslinie auf und springt dann ins Aus. Ein astreines As. 15:0.

Scheiße!

Ich habe gepennt.

Jaden bringt auch seine nächsten Aufschläge ohne Probleme durch. Dann bin ich an der Reihe. Ich habe da schon mehr Schwierigkeiten, doch mit einem 40:30 rette ich meinen Aufschlag. Das Spiel ist danach ziemlich ausgeglichen, jeder gewinnt einen Satz, also spielen wir einen dritten, entscheidenden, der mit einem Einstand endet. Der Tie-Break entscheidet. Mom und Jaden gewinnen ihn mit 7:4. Ich bin mir eigentlich ziemlich sicher, dass Harry die letzten beiden Bälle zugunsten von Mom durchgelassen hat, denn er zwinkert mir zu, aber das Spiel hat so viel Spaß gemacht, dass ich gerne darüber hinwegsehe, dass Jaden auf der Siegerseite steht.

Mom so beweglich zu sehen, ist für mich immer wieder ein Wunder und ich freue mich so sehr darüber, dass ich sogar zustimme, als Jaden verkündet: »Die Sieger laden die Verlierer zum Essen ein.«

Wir essen in einem noblen französischen Restaurant zu Mittag und Mom und Harry erzählen vom Aufbau des Camps und der Arbeit mit den Kindern.

»Ja, Kinder können eine Bereicherung sein«, stimme ich ihnen zu.

»Das hört sich ja so an, als würdest du dich mit Kindern auskennen«, meint Jaden und schaut mich über den Rand seines Weinglases an.

Mir wird ganz mulmig. »Tja, wusstest du nicht, dass ich meine Wohnung mit einem Kind teile?«, frage ich und ziehe eine Grimasse. *Sehr erwachsen, Ava!*

»Du nennst Pierce ein Kind?«, fragt meine Mutter lachend, »das wird ihm sicher nicht gefallen.«

»Wer ist Pierce?«, fragt Jaden neugierig.

»Ich wohne mit ihm zusammen«, sage ich schnell, doch Mom grätscht dazwischen. »Er wohnt in der Einliegerwohnung von Avas Haus und er steht nur auf Männer.«

Danke, Mom!

»Du hast ein Haus? Wo lebst du denn?« Jadens Frage klingt ganz beiläufig, doch ich werde es ihm auf keinen Fall erzählen.

»Ava kommt direkt aus Florida ...«

»Mom«, sage ich warnend und schaue sie eindringlich an.

»Wir müssen uns beeilen, Liebes«, sagt Harry und blickt auf seine Armbanduhr, »die Kinder für das Schnupperwochenende kommen in der nächsten Stunde an.«

»O, mein Gott, du hast recht!«

Beide beeilen sich, ihren Kaffee auszutrinken, und verabschieden sich von uns. Also sitze ich hier mit Jaden und versuche nun krampfhaft ein unverfängliches Gesprächsthema zu finden.

»Warum wolltest du mir verheimlichen, dass du in Florida lebst?«, fragt Jaden mit einem Lächeln auf den Lippen. »Erzähl mir etwas von Pierce.«

»Da gibt es nichts zu erzählen. Er ist mein Untermieter, passt auf mein Haus auf, wenn ich auf Lesereise bin. Er ist ein netter Kerl, findet nur leider nie den richtigen Mann fürs Leben.«

»Na, dann seid ihr ja schon zwei.«

Bevor ich wütend auf ihn werden kann, nimmt er meine Hand und zieht mich vom Stuhl. »Komm, lass uns gehen.«

»Du musst noch zahlen«, meine ich, doch er winkt ab. »Es wird auf mein Konto gebucht.«

***

Da ich mit Jaden gekommen bin, muss ich wieder zu ihm ins Auto steigen. Mir ist nicht wohl bei dem Gedanken, mit ihm allein im Haus zu sein, aber da ist ja noch immer mein Zimmer, in das ich mich zurückziehen kann.

Zu meiner Verwunderung fährt Jaden aber nicht zur Villa. Er nimmt die Interstate 95 und fährt Richtung New York. O Gott, er will doch wohl nicht zu seiner Wohnung?

»Hast du noch dein Appartement im Time Warner Center?«, frage ich, um etwas zu sagen. Die Stille zwischen uns kann ich nicht länger ertragen.

»Du meinst diese kleine Wohnung, die ich von dem Geld meiner leiblichen Mutter gekauft habe?«

Ich schaue zu ihm hinüber und nicke. Jaden hat das Dach des Cabrios geschlossen und fährt schnell, aber sicher.

»Die habe ich verkauft und meiner Mutter das Geld zurückgeschickt.«

Wenn ich genau darüber nachdenke, habe ich eigentlich so etwas erwartet. »Wohin fahren wir?«

»Ich möchte dir etwas zeigen.«

Okay, *keine weiteren Fragen* soll das wohl heißen. Also starre ich durch die Windschutzscheibe und suche krampfhaft nach einem anderen Thema, aber scheinbar gibt es keines.

»Warum wolltest du mir verheimlichen, dass du in Florida lebst?«, fragt er mich unvermittelt ein weiteres Mal und ich erstarre.

»Nun, ich halte es generell geheim, wo ich wohne. Es gibt auch Menschen, die meine Bücher nicht so mögen«, versuche ich mich um eine ehrliche Antwort zu drücken. »Jaden, falls es dir noch nicht aufgefallen ist, ich möchte meine Zeit nicht mit dir verbringen.«

Ohne auf meine Bemerkung einzugehen, sagt er: »Glaubst du wirklich, ich weiß nicht, dass du in Boca Raton lebst?«

Mit bleibt fast das Herz stehen. Ich schaue

ihn an, es fällt mir schwer, ruhig zu bleiben und die Fassung zu wahren.

»Butterfly, ich habe ein Unternehmen, das sich um Internetsicherheit kümmert. Solche Dinge herauszufinden, ist für mich, wie Gänseblümchen auf dem Rasen zu pflücken.«

»Was weißt du noch über mich?«

»Baby, ich weiß alles.«

Oh Scheiße!

»Was alles?«, presse ich durch meine Lippen und mir wird übel.

»Zum Beispiel, dass dein Untermieter namens Pierce Hutton keineswegs schwul ist.«

»Ist er wohl. Du kennst ihn doch überhaupt nicht, woher willst du das wissen?«

»Ich kenne seinen E-Mail-Verkehr.«

»WAS?« Wenn ich könnte, würde ich aus dem Auto springen, aber dafür fährt Jaden viel zu schnell. »Ich muss dir ja nicht erklären, dass das verboten ist!«

Jaden lacht tief und fasst nach meiner Hand. »Keine Angst, deine Konten habe ich vollkommen in Ruhe gelassen. Es reichte mir zu wissen, wo du lebst. Und mit wem.«

Seine Äußerung beruhigt mich nicht unbedingt. Sie wirft viele Fragen auf, doch ich habe keinen Mut, sie zu stellen, weil ich Angst vor seinen Antworten habe.

4. Kapitel

Wir halten am Columbus Circle direkt vor dem Time Warner Gebäude. Dieser riesige Glaspalast, in dem sich Jaden eine Wohnung von dem Geld, das seine Mutter ihm schenkte, gekauft hatte.

»Also hast du sie doch noch?«, frage ich und bin auf der Hut, denn ich möchte auf keinen Fall mit ihm allein in seiner Wohnung landen.

Er sieht wohl meinen panischen Blick, denn er schüttelt lachend den Kopf. »Nein, ich habe sie wirklich nicht mehr, ich möchte dir etwas anderes zeigen.«

Ein Angestellter nimmt den Schlüssel in Empfang und fährt den Wagen in die Tiefgarage. Wir betreten das Gebäude und lassen die Einkaufspassagen hinter uns, wenden uns einem Sicherheitsbereich zu, den man nur mit einer Codekarte betreten kann. Ein Mitarbeiter in Uniform ruft einen Aufzug.

»Guten Tag, Mr Styles. Wie schön, Sie wiederzusehen.«

»Billy, wie geht es Ihrer Schulter?«

»Danke, Mr Styles, schon wesentlich besser.«

»Einen schönen Tag noch«, sagte Jaden und wir steigen in den Aufzug. Er betätigt ihn mit seiner Codekarte und wir fahren in die Höhe. Im achtzehnten Stockwerk halten wir und Jaden lässt mir den Vortritt. Dabei berührt er mich am unteren Teil meines Rückens. Ich spüre durch das sommerliche Kleid die Wärme seiner Hand und ein Schauer läuft mir über den Körper. Wir betreten ein großes Büro durch eine gläserne Tür, auf der *Styles Enterprise* steht.

»Mr Styles, ich habe Sie heute gar nicht zurückerwartet«, ruft die junge Frau am Empfang und schenkt ihm ein breites Lächeln.

»Ich bin nur kurz vorbeigekommen, weil Anna einige Papiere für mich hat, die ich dringend unterschreiben muss. Ava, darf ich dir Beatrice vorstellen, die gute Seele unserer Firma? Beatrice, das ist meine Stiefschwester Ava.«

Ich reiche Beatrice die Hand. »Oh, Miss Styles, ich freue mich, Sie kennenzulernen.«

»Mein Name ist Roach, Ava Roach, wir sind nicht wirklich verwandt«, meine ich lächelnd.

»Unsere Eltern haben geheiratet«, erklärt Jaden und zieht mich an der Hand einfach weiter.

Wir kommen an mehreren offenen Bürotüren vorbei, überall sitzen junge Leute vor großen Computern und arbeiten.

»Du hast eine Menge Mitarbeiter«, staune ich und folge Jaden zum Ende des Flurs, wo eine weitere Mitarbeiterin hinter einem Tresen sitzt.

»Anna, darf ich Ihnen meine Stiefschwester vorstellen, Ava Roach«, sagt er diesmal und lächelt mich vielsagend an.

»Oh, Miss Roach, ich freue mich, Sie kennenzulernen.«

»Ava, das ist meine Assistentin Anna.«

Ich schüttle der Frau mit den kurzen blonden Haaren die Hand. Ich schätze sie auf Mitte fünfzig.

»Die Unterschriftenmappe liegt bereits auf Ihrem Tisch, Sir.«

»Danke, Anna. Ich werde die nächste Woche

bei meinen Eltern verbringen, wenn etwas ist, können Sie mich auf dem Handy erreichen.«

»Ihre Mutter hat vorhin angerufen und bittet um Rückruf.«

Jaden nickt und zieht mich in sein Büro.

»Deine Mutter?«, frage ich überrascht, »du hast wieder Kontakt zu deiner Mutter?«

»Sie sprach von Ireland«, erwidert Jaden und schließt die Tür hinter uns.

»Sie nennt sie deine *Mutter*?« Meine Stimme droht zu kippen.

»Ireland ist für mich das, was einer Mutter am nächsten kommt. Sie ist mir in den letzten Jahren zu einer Mutter geworden und ich liebe sie mehr als meine leibliche. Ich glaube nicht, dass du das Recht hast, darüber zu urteilen.«

Sein Blick ist ernst und bestimmt, sein Tonfall resolut und auch ein wenig verletzend, was mich wieder in Rage bringt. »Genauso wenig, wie *du* mein Handeln zu beurteilen hast«, sage ich schnippisch und drehe mich um, will das Büro verlassen. Ich weiß gar nicht, was ich hier eigentlich soll. Doch bevor ich die Türklinke ergreifen kann, zieht Jaden mich zurück und ich lande in seinen Armen.

»Du willst nicht wirklich mit mir streiten, oder?«, knurrt er und seine Arme umschließen mich wie Eisenklammern.

Seine plötzliche Nähe nimmt mir den Atem und ich kann nicht sprechen, schüttle nur den Kopf. Sein Blick bohrt sich in meinen und wir duellieren uns mit Blicken. Keiner will auch nur einen Millimeter nachgeben.

»Du solltest mich nicht reizen, Ava. Ich habe einfach zu lange darauf gewartet, dich endlich wieder in den Armen zu halten. Ich weiß nicht, wie du das machst, aber du bringst mich immer noch um den Verstand. Seit ich dich gestern Nacht gesehen habe, gab es keine Minute, in der ich nicht an dich denken musste.«

»Das hatten wir schon mal, Jaden. Erinnerst du dich? Du bist nach wenigen Wochen einfach abgehauen und nicht wiedergekommen. Also erspar uns den Ärger und lass mich lieber los.«

* * *

Der Glanz ihrer Augen und ihr wütender Blick feuern mich nur mehr an. Ich verstärke die Kraft meiner Arme, um Ava an mich zu drücken. Ihren Körper an meinem zu spüren, weckt in mir sehnsüchtige Erinnerungen, die ich lange tief in mir vergraben hatte. Wenn ich mir nicht ganz sicher wäre, würde ich den nächsten Schritt nicht wagen, aber ihre Augen funkeln und darin sehe ich die Lust, die auch sie all die Jahre unterdrückt hat.

Ich beuge meinen Kopf hinunter und lege meine Lippen auf ihren Mund. Sie weicht nicht zurück, aber sie küsst mich auch nicht, sondern hält nur ganz still. Ihre Lippen sind weich und zart, ich fahre mit meiner Zunge ihren Bogen nach.

»Ich weiß, dass du mich willst, auch wenn du noch zu stolz bist, es zuzugeben.«

Dann küsse ich sie wieder, stürmischer, besitzergreifend und diesmal lässt es Ava nicht kalt. Sie öffnet ihre Lippen, lässt meine Zunge ein und presst sich seufzend an mich. Ihre Hände legen sich auf meine Hüften, ziehen mich an ihren Körper.

In diesem Moment reißt uns das Klingeln meines Handys aus unserem Taumel, bringt uns in die Wirklichkeit zurück.

»Glück gehabt«, sage ich grinsend und lasse

Ava los, ziehe mein Handy aus der Tasche meiner Jeans.

»Hi, Mom!«, melde ich mich, als ich sehe, dass es Ireland ist.

»Ja, ich habe Ava nach New York gebracht. Ich wollte etwas mit meiner Firma angeben, ich bringe sie dir morgen zurück. Wir sind zum Abendessen wieder da.«

Ich verabschiede mich und stecke das Handy ein. Mein Blick bleibt an der Unterschriftenmappe auf meinem Schreibtisch hängen und ich erinnere mich daran, warum ich eigentlich hergekommen bin. Ich setze mich und unterschreibe die Papiere. Anna ist eine gute Assistentin und ich kann mich immer auf sie verlassen, daher überfliege ich nur schnell die Dokumente. Ava steht am Fenster und schaut hinaus. Als würde sie meinen Blick spüren, dreht sie sich um und fragt: »Deine Firma scheint wirklich gut zu laufen, was genau machst du? Hast du nicht Sportmanagement studiert?«

»Ja, aber auch Informatik, und das hat mich zum Schluss mehr interessiert. Und dann hatte ich einfach Glück.«

Mit der Mappe in der Hand stehe ich auf und schlendere zu Ava hinüber. »Wir beraten Industriefirmen bei Internetsicherheitsfragen, bieten Software dafür an, erstellen sichere Internetseiten und solche Dinge.«

»Das gibt dir aber immer noch nicht das Recht, Pierces E-Mails zu lesen.« Sie sieht angriffslustig aus und ich könnte sie schon wieder küssen. Verdammt, was hat mich damals nur geritten, diese Frau zu verlassen?

»Okay, ich gebe es zu – ich war eifersüchtig. Ich bin es immer noch, wenn du so willst.«

Verblüfft schaut Ava mich an. »Worauf?«, fragt sie vorsichtig und ich verstehe ihre Frage nicht.

»Worauf? Natürlich darauf, dass er in deiner Nähe ist, mit dir lebt.«

»Pierce lebt nicht mit mir! Er hat die Einliegerwohnung gemietet, die zu meinem Haus gehört. Er kümmert sich um das Haus, wenn ich nicht da bin, ich fahre oft auf Lesereisen. Er ist ein Freund, mehr nicht, aber auch nicht weniger! Und ich weiß gar nicht, warum ich dir das alles erzähle, denn das geht dich nicht das Geringste an.«

Ich zeige auf die Mappe in meinem Arm. »Komm, lass uns gehen, Anna will Feierabend machen.«

5. Kapitel

Mom scheint manchmal einen sechsten Sinn zu haben und ich danke Gott dafür, dass das Handyklingeln uns unterbrochen hat.

Mein Gott, was für ein Kuss! Ich kann mich nicht erinnern, wann ich das letzte Mal so geküsst worden bin. Vermutlich bin ich noch nie so geküsst worden, denn Jadens Küsse, die er mir vor zwölf Jahren gab, waren anderer Art. Leichter, jugendlicher. Dieser Kuss war einer der Sorte, die einem die Kleidung von ganz allein auszieht. Gut, dass Mom anrief, sonst stünde ich jetzt nackt hier.

Ich frage mich, während wir das Büro Richtung Aufzüge verlassen, wo meine Wut auf Jaden abgeblieben ist, als er mich geküsst hat. Es war, als hätten sich mein Zorn und mein Hass in Luft aufgelöst und noch immer fällt es mir schwer, mich wieder an sie zu erinnern.

Der Aufzug bringt uns nicht, wie erwartet, ins Erdgeschoss, sondern fährt in die Höhe. Im obersten Geschoss hält er endlich und die

Türen öffnen sich erst, als Jaden diese mit einer Schlüsselkarte freigibt und ich direkt auf ein riesiges Wohnzimmer blicke.

»Dies ist jetzt meine Wohnung. Ich habe das Penthouse vor ein paar Jahren gekauft. Wie gefällt es dir?«, fragt er und zieht mich aus dem Aufzug.

Wir stehen in dem großen Raum, der mit Licht durchflutet ist, das sogar teilweise über die Zimmerdecke hereinbricht. Die Möbel sind schlicht, aber elegant. Man erkennt an der Einrichtung die Handschrift eines Mannes. Nicht zuletzt an dem riesigen Fernseher an der Wand. Es gibt eine kleine offene Küche, die zeigt, dass Jaden wohl nicht oft kocht.

»Du hast sogar einen Kamin!«, rufe ich begeistert, bremse mich dann aber wieder. Ich will seine Wohnung nicht toll finden, ich will Jaden nicht toll finden. Finde ich auch gar nicht, nein, mache ich nicht.

»Willst du die obere Etage sehen?«, fragt er und steuert bereits die offene Treppe an.

Es gibt dort ein Gästezimmer mit Bad und ein riesiges Schlafzimmer, mit einem fast gleichgroßen Badezimmer. Das Beste an diesem

Zimmer ist die Tür, die auf die Dachterrasse führt, wo mich eine richtige Oase erwartet. Eine Menge Pflanzen sind in Kübeln neben einer Sitzgarnitur und einem Jacuzzi verteilt. O mein Gott, ich hätte nicht gedacht, dass Jaden so wohnen würde.

»Du lässt es dir wirklich gut gehen.«

»Ich kann es mir leisten«, meint er und hebt die Schultern, als wäre es nichts Besonderes.

»Okay, jetzt habe ich deine Wohnung gesehen, können wir wieder fahren?«

Ich drehe mich um und renne fast in Jaden hinein. Dann fällt mir etwas ein.

»Warum hast du Mom gesagt, dass wir erst morgen zurückkommen? Ich bin hier, um sie zu besuchen.«

Jaden blickt mich an und seine Hände halten meine Oberarme. »Ich will einfach ein bisschen Zeit mit dir verbringen. Ist das so ungewöhnlich?«

»Nein, Jaden, das ist nicht das, was ich will. Es gibt nichts, worüber wir sprechen müssen.«

»Müssen nicht, aber ich würde es gerne tun. Bitte, lass uns etwas zusammen essen.«

»Wir haben heute schon gegessen.«

»So? Ich bin aber schon wieder hungrig. Und ich weiß, dass du es auch bist«, flüstert er mir ins Ohr. Seine Stimme ist tief und dunkel, sein Gesicht ist meinem so nah, dass wir uns fast berühren.

Plötzlich küsst er mich wieder.

Und mit einem Mal sind alle alten Erinnerungen wieder da. Sie haben sich hartnäckig wieder an die Oberfläche gewühlt und ich komme mir vor, als wäre ich wieder achtzehn Jahre alt. Sein Duft ist mir so vertraut, seine Berührungen sind auf eine intime Weise zärtlich. Auch wenn mein Verstand ein lautes *Nein!* schreit, mein Körper will etwas anderes. Er will mehr – mehr Berührungen, mehr Küsse, mehr Jaden.

Ich schlinge meine Arme um seinen Hals und ziehe ihn näher an mich heran. Keine Briefmarke hätte mehr Platz zwischen uns, unsere Körper scheinen zu einem zu verschmelzen. Doch plötzlich beendet Jaden den Kuss.

Ich bin ganz außer Atem. Er lehnt seine Stirn an meine und hält seine Augen geschlossen.

»Wenn du gewusst hast, wo ich wohne,

warum hast du keinen Kontakt zu mir aufgenommen?«, frage ich sanft.

»Weil du nicht so weit warst.« Jaden öffnet seine Augen und blickt mich an. »Ich musste warten, bis du wiederkommst.«

»Hast du etwas zu trinken für mich?« Mir ist heiß und es liegt nicht an den Außentemperaturen hier auf der Terrasse.

»Natürlich, lass uns reingehen. Die Klimaanlage wird uns guttun.«

Wir sitzen nebeneinander, ganz nah, und trinken einen alkoholfreien Cocktail, den Jaden uns gemixt hat. Er ist fruchtig und süß und ich würde ihn am liebsten in einem Zug herunterkippen.

»Du trinkst keinen Alkohol?«, frage ich neugierig.

»Nein, seit meinem Zusammenstoß mit der Taube, die ich damals mit dem Wagen erwischt habe, habe ich nie wieder etwas getrunken, auch wegen Dad nicht. Ich will ihn nicht in Versuchung führen, obwohl ich weiß, dass er der Versuchung sicher widerstehen würde.«

Er greift zu seinem Glas und nimmt einen

Schluck. Als er es wieder auf dem Tisch abstellt, nimmt er mich in den Arm. »Ava, ich würde gerne mit dir darüber sprechen, warum ich so plötzlich nach Spanien abgehauen bin.«

Ich verkrampfe. Nein, darüber will ich aber nicht sprechen, ich schüttle den Kopf. »Bitte, Jaden. Ich will das nicht hören. Du hast dich damals gegen mich entschieden, das ist nicht mehr zu ändern. Das Leben ist weitergegangen, für uns beide, Jaden. Lass die Vergangenheit ruhen.«

»Deins mag weitergegangen sein, Ava. Meines habe ich für ein halbes Jahr angehalten, als ich nach Spanien ging, habe versucht, die Uhr zurückzudrehen, aber das ging nicht. Seit ich wieder in den Staaten bin, steht mein Leben still, und mit Leben meine ich nicht meine Karriere, Ava. Jetzt, wo ich dich gesehen habe, weiß ich, was mir in den letzten zwölf Jahren gefehlt hat. Ich will dich wiederhaben, ich habe nie aufgehört, dich zu vermissen.«

Er streicht mir über den Nacken und mein Körper erweist sich als elendiger Verräter.

Trotzdem bin ich auf der Hut. »Jaden, du hast damals alles hinter dir gelassen, mich auch. Das hat mir wehgetan, verdammt wehgetan. So etwas möchte ich niemals mehr erleben.«

»Ist das der Grund, warum du dich so einigelst? Das nennst du Leben? Ein Haus am Meer und ein paar Lesereisen? Mehr hast du schließlich nicht.«

»Woher willst du das wissen?« Er weiß so viel mehr über mich als ich über ihn, das macht mich vorsichtig.

»Warum hast du nicht einmal Mom nach mir gefragt, wenn du mit ihr gesprochen hast?«, fragt er plötzlich.

Oh, oh ... das Gespräch nimmt eine Richtung, die mir nicht gefällt. Ich mache mich von ihm los und stehe auf. Ich muss mich bewegen.

»Weil ich dich vergessen wollte. Es hat so wehgetan, dass du mich verlassen und nicht einmal angerufen hast. Keine Nachricht von dir, keine Mail, keine SMS. Du hast mich aus deinem Leben gestrichen und ich wollte dasselbe mit dir tun. Ich wollte dich aus meinem Leben streichen.«

Jaden hat sich ebenfalls erhoben, die Hände in die Hüften gestemmt. »Ist es dir gelungen? Konntest du mich aus deinem Leben streichen, Ava?«

»Nein, es ist mir nicht gelungen.«

* * *

Ich schließe kurz meine Augen und atme erleichtert aus. Wenn Ava mit einem eindeutigen *Ja* geantwortet hätte, weiß ich nicht, was ich getan hätte, doch so mache ich einen Schritt auf sie zu.

»Bitte, Jaden, es ist nicht so, wie du denkst. Auch wenn es mir nicht gelungen ist, dich zu vergessen, gibt es für uns keine Zukunft. Ich kann das einfach nicht. Wir waren damals noch Kinder. Jeder von uns hat nun sein Leben, die Zeit ist nicht stehen geblieben. Wir sind nicht mehr die, die wir einmal waren.«

Sie hält ihre Hände hoch, um mich auf Abstand zu halten.

Ich fahre mir genervt durch die Haare. »Ava, ich habe nicht vor, da weiterzumachen, wo wir vor zwölf Jahren aufgehört haben. Aber ich will dir beweisen, dass ich mich geändert habe.«

»Das sehe ich, dass du dich geändert hast. Aber es ist nicht relevant für mich. Ich habe mich entschieden, schon vor Jahren.«

O nein, das läuft gar nicht so, wie ich es mir erhofft habe. »Hast du was mit diesem Pierce?«, frage ich und sehe ihrem Gesicht an, dass das genau die falsche Frage ist.

»Wie kommst du nur darauf? Pierce ist ein guter Freund, mehr nicht.«

»Warum hast du Mom erzählt, er wäre schwul, wenn er es gar nicht ist?«

Ava stößt die Luft laut aus und beginnt wieder im Raum umherzulaufen. »Weil Mom immer nach ihm fragte, als wenn sie nur darauf wartete, dass ich mich in ihn verliebe. Ich wollte ihr keine falschen Hoffnungen machen.«

»Sie hat dich danach gefragt, weil ich sie darum gebeten habe.«

»Du?«

»Ja, ich hatte Angst, du würdest dich in einen anderen Mann verlieben.«

»Aber warum hast du dich nicht bei mir

gemeldet? Du hättest einfach mal anrufen können, aber du hast geschwiegen, all die Jahre.« Sie ist wütend und funkelt mich böse an. Ich liebe es, wenn sie so in Rage ist. Sie ist so erwachsen, ganz anders als das Mädchen, das ich einmal kannte.

»Hast du nicht selbst all die Jahre geschwiegen?« Meine Gegenfrage kommt mir leise über die Lippen und ich sehe Panik in ihrem Gesicht.

»Ich möchte zurück nach New Haven.«

6. Kapitel

Als wir in der Villa ankommen, erfahren wir von Alba, dass Mom und Harry heute im Camp übernachten, da einige der Kinder über Nacht bleiben.

Oh nein, allein mit Jaden, das ist das Letzte, was ich mir vorstellen will.

»Nun, sieht ganz so aus, als müssten wir den Abend allein verbringen, Sugar Baby!«, meint er und schaut mich herausfordernd an.

»Nenn mich nicht so!«

»Wie soll ich dich denn nennen? *Butterfly* darf ich ja auch nicht sagen«, beschwert er sich und zieht ein Gesicht wie sieben Tage Regenwetter.

Ich muss lachen, obwohl ich es nicht will. »Also, die Zeit von *Sugar Baby* ist definitiv vorbei«, meine ich und laufe die Treppe zu meinem Zimmer hinauf.

»Hey, warte!« Jaden jagt hinter mir her, und bevor ich meine Tür abschließen kann, stürmt er in mein Zimmer, packt mich und wirft sich mit mir lachend auf mein Bett. Seine Augen strahlen mich an, nehmen mich gefangen, dass ich alles andere vergesse. Er streicht mir eine Locke hinter das Ohr und fährt dann zärtlich mit dem Finger über meine Wange.

»Ich habe ganz vergessen, wie wundervoll du bist, Ava. Ein Blick in deine Augen, und es ist alles wieder da. Geht es dir nicht auch so?« Seine Stimme ist leise, fast ein Flüstern, und so ernst. Da kann ich ihn nicht belügen.

»Ja«, sage ich und nicke leicht. »Ja, mir geht es genauso. Es ist alles wieder da. Meine Liebe, die ich vor vielen Jahren für dich empfunden habe.«

»Ist noch etwas von dieser Liebe übrig?«

Ich schließe die Augen, als müsste ich in mich hineinhorchen, was mir mein Gewissen sagt. Doch es ist nur mein Herz, das spricht. Es schlägt mir bis zum Hals, so aufgeregt bin ich, und wage nicht zu sprechen. Jaden schaut mich unsicher an, wartet auf eine Antwort.

»Ja, zum Teufel, ja ... er ist noch immer da, dieser Funke, wenn du mich berührst, wenn du mich nur anschaust, und ich weiß verdammt noch mal nicht, warum ich dir das gerade alles verrate.«

»Weil du genauso fühlst wie ich.«

Ich sehe den Kuss auf mich zukommen, heiße seine Lippen willkommen. Das vertraute Gefühl macht mich machtlos, ich kann nicht mehr denken, nur noch reagieren, und mein Körper sendet eindeutige Hinweise: Ich will Jaden!

Ohne darüber nachzudenken, ziehe ich ihm sein Shirt über den Kopf und er liegt mit nacktem Oberkörper vor mir. Vermutlich werde ich es morgen bereuen und mir wünschen, ich wäre nie zurückgekehrt, doch in diesem Moment ist es Jaden, den ich will. Nur ihn allein.

Meine Hände fahren über seine Brust, die sonnengebräunt ist, die leichte Behaarung macht mich tierisch an. Jaden ist nicht - wie die meisten Männer - rasiert, sondern seine dunklen Brusthaare stehen in Kontrast zu seiner gebräunten Haut. Ich liebe es, mit meinen Fingern darüber zu fahren. Auf seinem Gesicht liegt der Bartschatten des Tages, was ihn verwegen aussehen lässt. Seine schwarzen Tattoos sind so unwiderstehlich und ich fahre die Konturen nach, was ihm eine Gänsehaut beschert. Auf der Innenseite des rechten Arms prangt das Tattoo der Elfe mit den Worten *Sugar Baby*, das er für mich hat stechen lassen.

»Du hast es also immer noch?«, frage ich und küsse die Tätowierung.

»Nicht einen Moment habe ich es infrage gestellt, nie habe ich diesen Schritt bereut. Hast du deines auch noch?«

Jaden wirft mich auf den Rücken, öffnet meine Jeans und zieht sie mir samt String aus. Auf meiner Hüfte ist immer noch das Tribal-Tattoo zu sehen, ein schwarzes Ornament mit Zacken und in der Mitte ein großes *J*. Ich hatte es mir stechen lassen, um Jaden meine Liebe zu beweisen, und habe es nie bereut. Als er nun seine Lippen darauf drückt und danach leicht darüber pustet, drehe ich fast durch. Dieses Gefühl ist mit nichts zu vergleichen, es erregt mich und ich möchte einfach nur mehr davon. Ein Stöhnen kommt über meine Lippen.

»Gefällt dir das?«, raunt Jaden mir zu und

ich kann nur wieder ein Stöhnen von mir geben.

»Das deute ich mal als ein *Ja!*«, sagt er und grinst frech. Er verteilt eine Kusslinie auf meinem Bauch, sie findet ihren Weg bis zu meiner Schamgrenze. Er winkelt eines meiner Beine an, streicht über die zarte Haut auf der Innenseite meines Schenkels.

»O Gott, Jaden«, stöhne ich laut und meine Hände fahren durch sein seidiges schwarzes Haar. Ich spüre seine Zunge, wie sie immer tiefer rutscht, über meinen Venushügel, und noch weiter.

Ich richte mich auf, ziehe Jaden zu mir herauf.

»Weißt du, es ist ziemlich ungerecht, wenn ich hier die Einzige bin, die halbnackt ist.«

»Das können wir sofort ändern.« Jaden erhebt sich und ist mit wenigen Handgriffen ausgezogen. Er beugt sich über mich, öffnet langsam die Knöpfe meiner kurzärmligen Bluse, zieht sie mir zusammen mit meinem Spitzen-BH aus. Er nimmt mich in seine Arme, zieht mich auf seinen Körper, doch mit einem Mal kommen mir Bedenken. »Jaden, gibt es da eigentlich jemanden? Ich meine, es muss doch eine Frau in deinem Leben geben?« Meine Frage schnürt mir die Kehle zu, doch ich musste sie stellen. Ich brauche Gewissheit.

»Ich würde lügen, wenn ich sage, dass es keine anderen Frauen für mich gegeben hat, doch es waren namenlose Gesichter, die mir nichts bedeutet haben. Seit fast einem Jahr hat es wirklich keine mehr gegeben. Ich habe so gehofft, dass du zu mir zurückkommst.«

Er zieht mich zu sich herunter und küsst mich heiß und innig. Keinen weiteren Gedanken verschwende ich an andere Frauen, die Jaden vielleicht einmal etwas bedeutet haben mögen. Jetzt zählt alleine, dass nur *ich* ihm etwas bedeute.

Ich küsse mich an seiner Brust hinunter, wandere immer tiefer, bis sein Schaft hart und groß vor mir auftaucht. Ich umschließe ihn mit der Hand, reibe über die samtene Haut, er fühlt sich so wundervoll an.

»O Gott, Ava!«, stöhnt Jaden und schließt genießerisch die Augen, atmet mit geöffnetem Mund und keucht leicht. Ich liebe es, ihn in diesen Zustand zu versetzen, brenne dieses Bild für immer in mein Gedächtnis ein.

Mit einem Ruck dreht er mich auf den Rücken und schiebt sich über mich. »Sorry, Sugar Baby«, sagt er grinsend, »aber noch eine Sekunde und ich wäre gekommen wie ein unreifer Teenager, das wollte ich uns nicht antun.«. Seine schwarzen Haare hängen ihm verschwitzt ins Gesicht und der Blick seiner dunklen Augen ist unergründlich. Er greift zu seiner Jeans, um ein Kondom herauszuholen. Schnell löst er die Verpackung und stülpt es über, dann lässt er sich wieder auf mir nieder, stützt sich mit den Unterarmen auf dem Bett ab, damit ich sein Gewicht nicht tragen muss.

»Ich will in dir kommen, und zwar jetzt«, meint er, während er langsam in mich eindringt. Dabei schaut er mich an, bannt meinen Blick. Rhythmisch stößt er zu und ich passe mich seinen Bewegungen an. Sie sind leicht und vorsichtig.

»Jaden, ich bin nicht aus Glas«, murmle ich und lächle.

»Das soll also heißen, du liebst es fester?«, fragt er heiser und fast ein wenig überrascht, aber ich grinse nur vielsagend.

Er erhöht das Tempo und warnt mich: »Ich

halte es nicht mehr lange aus, dafür habe ich zu lange auf dich gewartet, Butterfly!«

Seine Worte und sein Blick, als er dies sagt, seine Lust darauf, in mir zu kommen, die er jetzt kaum noch kontrollieren kann, machen mich unglaublich an. Ich spüre plötzlich die Welle auf mich zurasen und stöhne laut auf, ein Zeichen für Jaden, dass auch ich von meinem Orgasmus nicht mehr weit entfernt bin. Ich kralle meine Finger in seine Schultern und gemeinsam erreichen wir eine Höhe, die uns wieder vereint.

7. Kapitel

Sie liegt in meinen Armen und mich befällt ein Gefühl, das ich nur als Glück beschreiben kann. Sie hat all meine Mauern eingerissen, ich liege hier ganz wehrlos neben ihr. Sie hält mein Herz in der Hand und ich schaue ihr lächelnd dabei zu.

Niemals im Leben hat mich eine Frau mehr berührt als Ava. Selbst wenn meine Liebe zu ihr ein Verbrechen wäre, würde ich es nicht bereuen, aber das ist es zum Glück nicht. Wir sind nicht blutsverwandt, nur durch die Heirat unserer Eltern.

Leicht rührt sie sich und ich küsse ihr Haar. Nur langsam öffnet sie die Augen, als müsse sie sich orientieren, wo sie sich befindet. Sie schaut mich an und ich will sie schon wieder. Es ist einfach unglaublich, welche Macht diese Frau über mich hat.

»Guten Morgen«, murmelt Ava und ich kann nicht anders, als sie küssen. Ihren nackten Körper an meinem zu spüren, erregt mich dermaßen, dass ich sie schon wieder lieben könnte, dabei haben wir die halbe Nacht nichts anderes getan.

»Oh nein!«, schüttelt sie lachend den Kopf.

»Oh doch!«, sage ich und grinse.

Ein Klopfen an der Tür unterbricht uns.

* * *

»Los, versteck dich, Alba soll dich nicht in meinem Zimmer finden.« Hartnäckig versuche ich Jaden aus meinem Bett zu entfernen, doch er bleibt einfach träge liegen.

»Ich kann nicht, komm zurück ins Bett, wir tun einfach so, als hätten wir sie nicht gehört.«

»Ava, bist du schon wach?«

Es ist die Stimme meiner Mom, die durch die Tür dringt.

»Jaden, es ist Mom, sie darf dich hier auf keinen Fall finden, bitte steh' auf und versteck dich im Badezimmer.« Ich flehe ihn an. Hoffentlich ist mein Flüstern nicht bis auf den Flur zu hören. Die Panik in meinen Augen muss Jaden wohl überzeugen, denn er setzt sich zumindest schon mal auf.

»Ava, Liebes!« Die Tür öffnet sich, zum Glück habe ich in Windeseile ein Shirt übergeworfen, es ist das von Jaden.

Schon steht Mom in meinem Zimmer, schaut mich an und fragt lächelnd: »Ava, hast du eine Ahnung, wo Jaden ...« In dem Moment, wo sie ihn in meinem Bett entdeckt, verstummt sie. Das Lächeln erlischt augenblicklich.

»Meine Frage hat sich gerade erübrigt«, murmelt sie und dreht sich irritiert um. »Wir warten mit dem Frühstück auf euch.« Sie verlässt das Zimmer und schließt die Tür leise hinter sich.

»Mein Gott, hast du ihren Blick gesehen? Was haben wir nur getan, Jaden?«

Ich bin außer mir, besonders als ich sehe, dass er gelassen weiterhin im Bett liegen bleibt.

»Komm zu mir, Butterfly« Jaden stützt sich auf seinen Unterarmen ab und schaut mich mit seinen hinreißenden Augen an. »Ich will dich.«

»Hast du sie noch alle?«, rufe ich aufgebracht. »Wie kannst du jetzt an Sex denken, während Mom und dein Vater unten auf uns warten? Sie wüssten genau, was wir hier treiben.«

Ich schnappe mir frische Unterwäsche aus der Kommode und springe schnell unter die Dusche. Als Jaden endlich das Bett verlässt und ebenfalls duscht, bin ich bereits angezogen.

»Ich gehe schon mal runter«, rufe ich ihm zu und bin aus meinem Zimmer verschwunden.

»Guten Morgen.« Mit gesenktem Kopf betrete ich das Esszimmer und nehme mir eine Tasse Kaffee. Alba richtet morgens immer einen Brunch auf dem Sideboard her. Essen kann ich im Moment nichts, mir ist eher danach, die Nahrung von gestern die Toilette hinunterzuspülen.

»Guten Morgen, Ava. Ich hoffe, du hast gut geschlafen«, meint Harry mit einem Lächeln auf dem Gesicht.

Ich bin nicht imstande, ihm zu antworten, sondern nicke nur leicht.

»Ava, kann ich dich gleich unter vier Augen sprechen?« Es ist meine Mom, die das sagt, ihr Ton ist neutral, aber ich kenne sie gut genug, um zu wissen, dass mir eine Standpauke blüht. Ich fühle mich, als wäre ich wieder achtzehn.

»Guten Morgen, liebe Familie.«

Jaden betritt den Raum und gleich scheint die Sonne für mich heller. Er ist einfach unglaublich. Nachdem er seinen Teller mit Essen vollgepackt hat, setzt er sich neben mich und gibt mir einen Kuss auf die Lippen.

»Wir hatten euch so früh noch nicht zurückerwartet.«

»Das denke ich mir, mein Sohn«, sagt Harry und schaut ihn strafend an. »Hast du gleich Zeit, mir auf den Plätzen zu helfen? Es hat nicht geregnet und sie müssen gewässert werden. Samstags haben drei der Aushilfen frei.«

»Klar, Dad. Ava und ich wollen heute Abend ausgehen, aber bis dahin kannst du über mich verfügen.« Jadens charmantes Grinsen wickelt alle ein, selbst mich.

Nachdem die Männer zum Camp gefahren sind, bleibe ich mit Mom zurück, die am Kopfende des Tisches Platz genommen hat, und trinke eine zweite Tasse Kaffee.

»Es muss dir nicht peinlich sein, Ava, dass ich Jaden in deinem Bett vorgefunden habe. Ich weiß, dass er dich liebt, schon lange. Ihr seid erwachsen und Harry und ich, wir wollen uns nicht in euer Leben einmischen. Ich möchte aber nicht, dass sich eure Trennung von damals wiederholt. Ich weiß, dass du bald wieder abreisen wirst, aber ich weiß nicht, ob Jaden sich dessen bewusst ist.«

Minutenlang starre ich sie an und weiß nicht, was ich dazu sagen soll. Sie nimmt meine Hand in ihre und drückt sie.

»Mom, ich habe dich so vermisst«, meine Augen füllen sich mit Tränen, »du hast keine Vorstellung, wie sehr. Ich habe mir in den letzten zwölf Jahren mein Leben aufgebaut und dachte, ich habe alles in Griff. Nach nur einem Tag mit Jaden gerät es vollkommen aus den Fugen. Ich weiß nicht, wie er das schafft, aber er hat es fertiggebracht, dass ich mich neu in ihn verliebe.«

»Obwohl Jaden wie ein Sohn für mich ist, habe ich Angst, dass er dir wieder wehtun wird.«

»O Mom, ich habe viel mehr Angst davor, dass ich ihm wehtue. Selbst wenn ich es wollte, ich kann nicht hier bleiben, ich muss nach meinem Urlaub zurück.«

Mom nickt wissend. »Wegen Pierce, deinem Untermieter?«

Ich schüttle den Kopf und putze mir mit einer Papierserviette die Nase. »Nein, Mom, Pierce ist wirklich nur ein Freund, schon nach unserem ersten Kuss, wussten wir beide, dass wir nur Freunde sein werden. Er ist kein Mann, in den ich mich verlieben könnte, er ist eben nicht ...« Ich breche ab.

»Jaden?«, fragt Mom und ich brauche ihr gar nicht zu antworten, sie weiß es auch so.

»Erzähl mir etwas von deinem Leben«, versucht Mom das Thema zu wechseln.

»Es ist nicht besonders aufregend. Meistens sitze ich vor meinem Laptop, recherchiere und schreibe meine Bücher. Ich habe das kleine Haus in Boca Raton, es ist sehr schön dort, aber im Sommer zu heiß für mich.«

»Warum kommst du dann nicht zurück zu uns? Ava, du liebst Jaden und er liebt dich. Kannst du ihm nicht vergeben, dass er dich damals verlassen hat? Glaube mir, er bereut es jeden Tag.«

Ich schließe die Augen und schaue sie dann traurig an. »Ich kann nicht. Es gibt Gründe, die mich in Florida festhalten.«

»Aber welche Gründe könnten wichtiger sein als die eigene Familie?«

Mom versteht es nicht und ich kann es ihr nicht erklären, noch nicht.

* * *

Harry sieht mich komisch von der Seite an, als ich den Rasen sprenge. Er will etwas sagen, das spüre ich, aber er findet die passenden Worte nicht.

»Was?«, frage ich ihn, während er das Netz nachspannt.

»Wie *was*?«

»Ich sehe dir an, dass du mir etwas sagen willst, aber wohl nicht weißt wie.«

»Bin ich so leicht zu durchschauen?«, fragt er und hantiert weiter an dem Netz herum.

»Also, spuck es schon aus.« Ich weiß, mein Vater ist kein Mann großer Worte, doch wenn er etwa sagt, hat es Hand und Fuß. »Es geht um Ava, nicht wahr?«

Harry richtet sich auf und schaut mich an. »Ich sage das nicht, um mich in dein oder Avas Leben einzumischen, ich sage das, weil ich nicht will, dass Ireland wehgetan wird. Hast du dir das gut überlegt, Junge? Wirst du Ava wieder einfach so verlassen?«

Ich stehe da, mitten auf dem Rasenplatz in der Sonne und denke darüber nach, was mein Dad gesagt hat. Dann schüttle ich den Kopf. »Nein, ich werde sie nicht wieder verlassen, nie wieder. Ich liebe sie, so sehr, dass es mir in der Brust wehtut. So sehr, wie du Ireland liebst.«

Nachdenklich nickt Harry. »Gut ... ich nehme dich beim Wort.«

* * *

Ich arbeite den Vormittag an meinem Buch, während Mom wieder ins Camp fährt. Heute und morgen sind wieder viele Kinder dort, da sich die Ferien dem Ende nähern. Viel schaffe ich nicht, immer wieder schweifen meine Gedanken zu Jaden. Ich sehe ihn in meinem Bett liegen, mit seinem Dreitagebart, den verwuschelten Haaren, spüre, wie er mich berührt.

Ein Blick auf die Uhr zeigt mir, dass es schon spät ist, und ich überlege, ob ich mich noch etwas an den Pool legen soll, jetzt wo es nicht mehr so heiß ist. Doch da höre ich einen Wagen vorfahren.

Ich laufe die breite geschwungene Treppe hinunter. Es ist Jaden.

»Hi, Sugar Baby! Bist du fertig? Wir wollen doch heute Abend ausgehen. Ich muss nur noch schnell duschen.«

Er nimmt mich in die Arme und wirbelt uns um unsere eigene Achse.

»Wo wollen wir denn hin?«, frage ich, doch er schüttelt nur den Kopf. »Das ist eine Überraschung.«

Eine halbe Stunde später sind wir beide ausgehfertig.

Ich falle fast in Ohnmacht, als er die Treppe hinunterkommt. Er trägt ein schwarzes Hemd ohne Krawatte zu einer grauen Anzughose und sieht einfach zum Anbeißen aus. Neben ihm komme ich mir fast schäbig in meiner weißen Jeans, dem ärmellosen Neckholder und meinen neuen High Heels vor.

»Wow, Sugar Baby, du haust mich wirklich

um. Sollen wir nicht doch lieber hier bleiben?«, fragt er und ich weiß, dass er mich nur necken will, doch ich sollte nicht zu lange über diesen Vorschlag nachdenken. Ich werfe ihm seinen Autoschlüssel zu, der auf dem Tischchen neben dem Eingang liegt.

»Du fährst.«

Als Jaden auf den Parkplatz des Fireworks einbiegt, muss ich lächeln. Hier hat alles angefangen, vor vielen Jahren, mit nur einem Tanz.

»Dass es das noch immer gibt«, ich schüttle lachend den Kopf. »Gehört es immer noch Harry?«

Jaden nimmt meine Hand und zieht mich in den Club, in dem ich früher gearbeitet habe. »Nein, er hat es vor fünf Jahren verkauft.«

Ich schaue mich um, entdecke ein Plakat. Zum Glück ist heute Samstag, denn so, wie es aussieht, gibt es Freitagabend immer noch den Lambada Abend. Obwohl es erst halb neun ist, ist der Laden brechend voll und hinter dem Tresen entdecke ich Jimmy und Luc. Sie arbeiten also immer noch hier. Die beiden Barkeeper, die schon eine Ewigkeit zusammenleben.

»Ich fasse es nicht, Ava Roach in unserer bescheidenen Hütte! Wer hätte das jemals zu hoffen gewagt?«, ruft Luc und kommt um den Tresen herum, nimmt mich in die Arme und hebt mich hoch.

»Luc, schön dich zu sehen.« Mehr schaffe ich nicht herauszubekommen, denn er presst mit seiner Umarmung die Luft aus meinen Lungen.

»Mensch, Mädchen, ich hätte dich fast nicht wiedererkannt, toll siehst du aus! Nein, *heiß* beschreibt es wohl eher!«

Ich sehe, wie er einen bösen Seitenblick von Jaden erntet.

»Hey, ganz cool, ich werde deine Schwester schon nicht vernaschen«, meint Luc. Jadens Blick ist ihm wohl ebenfalls nicht entgangen.

»Sie ist nicht meine richtige Schwester«, brummt Jaden und lässt sich auf einen der Barhocker nieder, der gerade frei geworden ist. Ich sehe, wie er eine Cola bestellt, dann sein Handy zückt und telefoniert.

»Komm mit, du musst Jimmy *Hallo* sagen.«

Luc zieht mich hinter die Bar und ich werfe Jaden ein entschuldigendes Lächeln zu. Es war seine Idee, mich hierherzubringen.

»Ava!«, ruft Jimmy aufgeregt und fällt mir um den Hals. »Oder soll ich lieber *Rose* sagen? Wir lieben deine Bücher! Sie sind so romantisch, da könnte man glatt zum Hetero werden.« Er lacht laut und drückt mich an sich.

»Ich kann es nicht glauben, hier zu sein. Dass es das Firework nach all den Jahren immer noch gibt, kann ich gar nicht fassen.«

Luc zieht mich zur Seite, damit wir in Ruhe reden können.

»Ja, wir haben es vor etwa fünf Jahren übernommen. Harry hat es abgestoßen, weil es nicht mehr so gut lief, aber wir haben den Kahn wieder flottgemacht, die Bude brummt, wie du siehst.«

Ich nicke anerkennend.

»Was machst du hier, Ava? Los, erzähl schon! Wo hast du nur all die Jahre gesteckt?«

Ich muss lachen bei so viel Herzlichkeit. »Ich lebe jetzt in Florida, es ist toll dort, aber manchmal zu warm, da dachte ich mir, es ist an der Zeit, Mom mal wieder zu besuchen.«

Lucs Blick wird ernst. »Ja, du hast eine Menge mitgemacht. Jimmy und ich konnten gut verstehen, warum du abgehauen bist. Wie man sieht, war es der richtige Weg, du siehst umwerfend aus und bist berühmt.«

Ich winke ab. »Ein paar Bücher zu verkaufen, macht einen nicht gleich zu einem Star.«

Luc zieht mich an sich und drückt mir einen Kuss auf die Stirn. »Hey, sag mal, du fängst doch wohl nicht wieder was mit Jaden an, oder?«

Ich bin leicht irritiert. Was meint er damit?

»Wieso?«, frage ich vorsichtig.

»Nun, ich kann nicht vergessen, wie er dich so einfach hat sitzen lassen, das sollte dir kein zweites Mal passieren. Er ist mit einigen Mädchen hier gewesen, niemals mit ein und derselben zweimal. Ich traue ihm nicht. Er wird dir doch nicht ein weiteres Mal das Herz stehlen?«

Verzweifelt suche ich eine Antwort darauf. »Nein, natürlich nicht! Er ist nur ... mein Bruder«, bricht es dann aus mir heraus und ich lächle, versuche es zumindest.

Luc schaut mich skeptisch an. »Na, dann ist ja alles gut. Komm misch dich unter die Leute und amüsiere dich. Wie lange bleibst du in New Haven?«

»Ich bin nur zwei Wochen hier, dann muss ich zurück – Abgabetermin für mein neues Buch.«

»Hey, Baby, ich kann gar nicht erwarten, es zu lesen.« Luc zwinkert mir zu und schiebt mich in Richtung Jaden.

»Da bist du ja, was willst du trinken?«, fragt er mich und in seinem Gesicht lese ich, dass er es bereits bereut, mich hierhergeschleppt zu haben.

»Nichts«, schüttle ich den Kopf. »Ich möchte lieber tanzen«, sage ich, greife seine Hand und führe ihn zur Tanzfläche.

Es ist irgendeine Soulnummer und ich ziehe Jaden einfach in meine Arme. Überrascht schaut er mich an, doch dann breitet sich ein Lächeln auf seinen Lippen aus und seine Augen gewinnen das Strahlen zurück, das ich so vermisst habe.

»Luc und Jimmy sind alte Freunde«, erkläre ich, als wenn er es nicht gewusst hätte.

Jaden nickt und zieht mich ganz dicht an sich. Mein Kopf liegt an seiner Schulter. Wir sind uns sehr nah, nicht nur körperlich.

»Ich bin echt scheiße eifersüchtig«, brummt er und ich lache leise.

»Warum lachst du darüber?«, fragt er und hebt den Kopf, um mir in die Augen zu sehen.

»Weil es so absurd ist, die beiden sind seit über zwanzig Jahren ein Paar.«

»Na und? Ich mag es eben nicht, wenn man meine Frau anfasst.«

»Ich glaube, da gehst du aber etwas zu weit.«

Jaden schüttelt ernst den Kopf. »Nein, ganz und gar nicht.« Dann küsst er mich.

Wir bewegen uns nicht, stehen mitten auf der Tanzfläche und küssen uns hingebungsvoll. Mein Herz schlägt im Takt unserer Liebe, es droht mir aus der Brust zu springen. Ich mache mir keine Gedanken um all die Menschen hier, sondern schwebe völlig losgelöst mit Jaden in einer eigenen Galaxie. Der Kuss scheint kein Ende zu nehmen, bis jemand uns anrempelt und meint: »Hey, nehmt euch lieber ein Zimmer.«

Grinsend hebt Jaden den Kopf und schaut mir in die Augen. »Lass uns gehen!«

Ich nicke automatisch, ohne dass ich es verhindern kann.

»Ich muss mich noch von Luc und Jimmy verabschieden.«

Schnell laufe ich zur Bar hinüber und winke Luc zu. »Wir sehen uns!«, rufe ich und er lächelt mich an.

»Nur dein Bruder? Alles klar!«, winkt er und wirft mir eine Kusshand zu.

8. Kapitel

Es hat mir nicht gefallen. Wirklich gar nicht. Ava in den Armen von Luc und Jimmy zu sehen, rief eine Eifersucht in mir hervor, die ich so noch nie gespürt habe. Da durften die beiden so schwul sein, wie sie wollten, das spielte keine Rolle. Mann blieb Mann. Ich wollte sie am liebsten über meine Schulter werfen und in meine Höhle tragen, bei diesem Gedanken muss ich leicht schmunzeln. Ich mutiere wirklich langsam zu einem Steinzeitmenschen. Was stellt diese Frau noch alles mit mir an?

Ein Blick auf den Beifahrersitz und ich könnte rechts ranfahren und sie bis zur Besinnungslosigkeit küssen.

Eine glorreiche Idee kommt mir in dem Moment, bevor ich das Auto zu dem Haus unserer Eltern lenke. Ich fahre einfach geradeaus, Richtung Interstate.

»Wo willst du mit mir hin?«, fragt Ava neugierig, als sie merkt, dass dies nicht unser Weg nach Hause ist.

»Ich habe keine Lust, dass Mom morgen früh wieder in unserem Schlafzimmer steht, daher dachte ich, wir fahren zu mir, da habe ich dich ganz für mich allein.«

»Bis nach New York? Findest du nicht, dass dies ein wenig unfair ist, immerhin besuche ich Mom und Harry.«

»Ich dachte, du bist meinetwegen hier!«

Für eine Sekunde scheint sie ernstzunehmen, was ich gesagt habe, doch dann lacht sie. »Jaden, du denkst bitte daran, dass ich nur noch elf Tage hier bin.«

Ernst schaue ich sie an: »Ich zähle jede Sekunde, die du noch hier bist.«

***

Die Sonne ist gerade erst untergegangen, als wir in Jadens Wohnung ankommen. Wir hatten eine angenehme Unterhaltung im Auto, Jaden hat viel über seine Arbeit und den Aufbau seiner Firma erzählt, ich einiges über meine Lesereisen. Es herrscht eine entspannte Stimmung und wir sitzen auf der Terrasse und genießen die Restwärme des Tages.

Ich finde es schön, hier mit ihm über das Leben und unsere Pläne zu sprechen. Jaden hat wieder diese leckeren alkoholfreien Cocktails gemixt, und als er Nachschub holt, setzt er sich zu mir auf das große Sofa, zieht mich in seine Arme.

»Warum bleibst du nicht hier bei mir, Ava?«

»In New York?«, frage ich überrascht. »Ich meine, mein Verlag ist hier, aber mehr Verbindungen habe ich zu dieser Stadt nicht.«

»Was ist mit mir?«, fragt Jaden leise und es scheint mir, als hielte er die Luft an, gespannt auf meine Antwort.

»Jaden, du weißt, ich bin nur kurz hier. Was sich gerade zwischen uns entwickelt, kann nicht von Dauer sein, das muss dir bewusst sein.«

Er zieht mich in seine Arme, küsst mein Haar. »Ich weiß das, aber ich will es nicht akzeptieren. Seit du wieder hier bist, kann ich an nichts anderes mehr denken, als wie sehr ich dich will. Ich war so ein Blödmann, dass ich dich verlassen habe.« Nachdenklich streichelt er mir über einen Arm.

Ich will ihm widersprechen, doch merke ich, dass seine Gedanken ganz weit weg sind.

»Ihr Name war Elena. Sie war meine Freundin, bevor Harry und ich Spanien verließen und zurückkehrten nach New Haven. Ich war zwar in sie verliebt, aber nicht so sehr, dass ich sie nicht ohne Reue verlassen konnte. Ich wusste, dass Elena oft und viel trank. Wie du weißt, hatte ich damals schon Erfahrung mit Trinkern.«

Er spielt auf seinen Vater an, um den er sich schon als Junge kümmern musste, wenn dieser, wie so oft, zu viel getrunken hatte.

»Als wir Spanien verließen und ich dich traf, verliebte ich mich Hals über Kopf in dich, es war für mich ein Wunder, dass du meine Liebe erwidert hast. Eines Nachts bekam ich eine E-Mail von Elenas Mutter, dass sie in ein Krankenhaus eingeliefert worden war, weil sie eine Alkoholvergiftung hatte. Es war nicht klar, ob sie überleben würde. Ihre Mutter gab mir die Schuld, wenn Elena sterben würde. Das konnte und wollte ich nicht auf mir sitzen lassen. Also flog ich zurück nach Spanien.«

Ich versuche mich aufzusetzen, um zu flüchten, will das nicht hören, doch Jadens Arm umklammert mich so fest, dass ich mich nicht rühren kann. Es hat den Anschein, als müsse er sich an mir festhalten.

»Ich weiß, du hast immer auf eine Nachricht von mir gewartet, doch ich konnte nicht. Denn als ich in Spanien eintraf, war Elena bereits verstorben. Sie hat es nicht geschafft und ich gab mir die Schuld. Wie in einem bösen Traum erlebe ich immer wieder diese Zeit. Wäre ich bei ihr geblieben, wäre sie noch am Leben, mir wurde erst viel später klar, dass Elena für ihr Handeln allein die Schuld trug. Aber ich war so viele Jahre für Harry verantwortlich gewesen, dass ich nicht aus meiner Haut konnte. Erst zehn Monate später wurde mir klar, was ich angerichtet hatte, dich ohne ein Wort verlassen zu haben, und als ich zurückkam, war es zu spät. Du warst fort und niemand wusste, wo du bist, nicht einmal Ireland. Als du dich irgendwann bei ihr gemeldet hast, dachte ich, jetzt wird alles gut, doch du hast nie nach mir gefragt, so als hättest du mich aus deinem Leben gestrichen. Ich konnte das erst nicht glauben, dann fühlte ich mich in meiner Eitelkeit gekränkt, und erst einige Jahre später ging mir auf, dass ich abwarten muss, bis du so weit bist, um mir zu verzeihen.«

Nun richte ich mich auf, um Jaden ins Gesicht zu schauen. »Glaubst du wirklich, ich hätte kein Verständnis dafür gehabt, warum du ohne ein Wort nach Spanien gereist bist? Glaubst du wirklich, ich wäre so egoistisch gewesen, dir nicht verzeihen zu können?«, frage ich ihn und blicke in seine traurigen dunklen Augen, in denen ich mich verliere.

»Lass uns jetzt diese Dinge begraben«, meint er knapp und zieht mich an sich.

»Glaubst du nicht, wir sollten das jetzt und hier klären?«, frage ich sanft und streichle sein Gesicht.

»Ich habe damit abgeschlossen, nichts was ich tue, gibt Elena ihr Leben zurück, aber du hast zu mir zurückgefunden. Ich nehme von dir, was du bereit bist, mir zu geben. Ich brauche dich so sehr, Ava.« Er nimmt mein Gesicht in seine Hände und küsst mich. Erst sanft, dann verstärkt er den Druck seiner Lippen. Sein Duft nach Zitrone und etwas Holzigem steigt nicht nur in meinen Kopf, er fährt direkt in meinen Körper und erregt mich so, dass ich Jaden nur noch nackt auf meiner Haut spüren will.

»Bitte schlaf mit mir, jetzt!«, stöhne ich an seinen Lippen und spüre sein Grinsen.

»Nichts lieber als das, Sugar Baby!«

Ich schaue mich prüfend um, doch die Terrasse ist nicht einsehbar, eine Menge Pflanzen schützen uns vor den höheren Wolkenkratzern, die weiter weg stehen, und die Häuser in der direkten Nähe sind alle niedriger. Ich öffne geschickt die Knöpfe seines schwarzen Hemdes, ziehe es ihm aus. Seine Tattoos scheinen selbst im Dunkeln zu leuchten und ich fahre sie mit der Zunge nach.

Jaden lässt sich auf dem breiten Sofa nach hinten fallen, er zieht mich zu sich, bis ich auf seinem Körper zu liegen komme. Er streckt seine Hände aus, fährt meine nackten Arme hinauf und zieht mir dann den Neckholder über den Kopf, wirft ihn achtlos zu Boden.

»Deine Haut ist wie Seide«, flüstert er und sein Blick drückt Bewunderung aus.

Ich bewege mich langsam hin und her und spüre seine Männlichkeit, die sich fest gegen mich drückt.

»Zieh mich weiter aus«, sagt er leise und sein Lächeln verspricht mir alles, was ich mir an Zärtlichkeiten nur wünsche.

Ich öffne den silbernen Verschluss seines Gürtels und stoße auf seine schwarzen Pants, deren Gummibund ich mit dem Zeigefinger nachfahre. Jaden bäumt sich leicht auf und drückt so sein Becken gegen meine Hand. Ich verstehe den Hinweis, reibe mit der Handfläche verlangend über seinen Unterleib und er zieht zischend die Luft ein.

»Oh Mann, du machst mich wahnsinnig, jedes Mal wenn du mich nur berührst, könnte ich ausrasten. Was machst du bloß mit mir, Butterfly?«, fragt er und zieht mich in seine Arme. Seine Finger suchen meine Jeans, öffnen sie und ziehen sie mir aus, jetzt liege ich nur in Dessous vor ihm und er schaut auf mich hinunter, betrachtet sehnsuchtsvoll meinen Körper.

»Ich möchte dich richtig spüren, ohne Gummi, möchtest du das auch?«, fragt er vorsichtig und berührt meinen Busen durch den Spitzenstoff.

»Ich bin gesund, falls du das meinst. Wie

sieht es bei dir aus? Ich denke, du warst in den letzten Jahren aktiver als ich.«

»Ich spende regelmäßig Blut und werde untersucht, auch ich bin gesund. Ich habe seit über einem Jahr mit niemandem geschlafen, außer mit dir.«

Das ist schwer zu glauben, aber was er sagt, zaubert ein Lächeln auf mein Gesicht. »Ich kann es gar nicht abwarten, dich endlich richtig in mir zu spüren«, flüstere ich und löse den Verschluss meines BHs, um seine Hände auf meinen Brüsten zu spüren.

Jaden zieht an meinem String, der reißt, bevor er nachgibt. »Oh, sorry! Ich kaufe dir einen Neuen! Das nennt man dann wohl Kollateralschaden, oder?«, fragt er und zieht ebenfalls seine Unterhose aus.

Ich spreize meine Beine, damit Jaden sich dazwischen legen kann. Als ich seine Haut auf meiner fühle, ist es bereits um mich geschehen. Er ist so warm und stark, fühlt sich so sexy an, dass sich mein erster Orgasmus nicht mehr verhindern lässt, ein Schauer nach dem anderen rast durch meinen Körper, während ich die Augen schließe und nach

Luft ringe. Mit meinen Händen umklammere ich seine Schultern, ich will mich nicht zusammenreißen müssen. Ich höre Jaden zwischen meinen Schenkeln stöhnen.

»Verdammt!« Jaden schaut mich an und ihm steht sein Verlangen unübersehbar in die Augen geschrieben. Er richtet sich auf, hebt mein Becken an und massiert mich, stößt erst mit einem Finger in meine feuchte Spalte vor, dann nimmt er einen Zweiten hinzu. Ich presse mich seiner Hand entgegen, spüre, wie ich nach mehr lechze. Er soll weitermachen, nie mehr aufhören, nie mehr.

»Du willst mehr, Butterfly?« Seine Stimme klingt heiser, ich habe die Augen geschlossen, presse die Lippen aufeinander, nicke wortlos. Der einzige Laut, den ich nun von mir geben könnte, wäre ein Schrei.

»Wie nass du bist«, murmelt Jaden. Dann sagt er plötzlich: »Dreh dich.« Seine Stimme ist ganz rau, als er mir dieses Kommando gibt.

Wie befohlen, gehe ich auf die Knie, stütze mich auf den Unterarmen ab und spüre, wie Jaden von hinten in mich eindringt. Vorsichtig. Doch ihn mit bloßer Haut zu spüren, lässt mich wie im Fieber aufkeuchen. Es fühlt sich wunderbar an. Ich recke meinen Po höher, damit er tiefer in mich eindringen kann, und er versteht sofort, was ich von ihm will. Fester stößt er zu, stimuliert mich dabei mit seinem Daumen. Der Druck ist für mich kaum zu ertragen, ich spüre schon wieder, wie eine große Welle auf mich zurollt und habe Angst, viel zu früh zu kommen, doch Jadens Atem geht schnell, so, als wenn er auch kurz davor steht.

»Ava, bitte, ich muss jetzt kommen!«, ruft er und zieht mich zu sich hoch, dass ich praktisch auf seinem Schoß sitze, mit dem Rücken an seiner Brust. Seine kräftigen Schenkel stoßen mich in die Höhe und als er meine Brüste umfasst, komme ich mit einem anhaltenden, lustvollen Schrei, dem Jaden sich beinahe im selben Augenblick anschließt.

Mein Atem geht schnell und ich bekomme kaum Luft, obwohl wir uns unter freiem Himmel geliebt haben. Avas Kopf ruht noch immer auf meiner Schulter, ich stecke noch in ihr und immer wieder geht ein leichtes Beben durch ihren Körper, während ich sie einfach nur halte.

»Ich liebe dich, Ava!«, sage ich atemlos und möchte es der ganzen Welt ins Gesicht schreien. »Bitte heirate mich!«

»Was?« Ava dreht leicht ihren Kopf, wie um mich besser zu verstehen.

»Du hast dich nicht verhört! Ich habe dich gefragt, ob du mich heiraten willst.«

Sie versucht, sich von mir zu lösen. »Du machst vielleicht Witze«, sagt sie und lacht verlegen.

Doch ich halte sie fest. »Das war kein Witz, ich meine es ernst. Ich will, dass du mich heiratest.«

»Jaden, bitte mach' diesen schönen Abend nicht kaputt.«

Langsam küsse ich die weiche Stelle an ihrem Nacken. »Mache ich doch gar nicht.«

»Doch, du machst mir einen Heiratsantrag, während du noch in mir steckst, hältst du das etwa für angemessen?« Ihre Stimme klingt nicht besonders begeistert.

»Okay, ich hätte dir auch einen Strauß Rosen schenken können, ansonsten knie ich ja bereits. Hinter dir, aber ich finde, wir sollten jetzt keine Haare spalten.« Ich küsse ihr Ohr und ziehe eine weitere Spur ihren Hals hinunter. Ihr Haar duftet so wundervoll und ich vergrabe mein Gesicht darin. *So sollte es immer sein,* geht es mir durch den Kopf und ich will gar nicht daran denken, wenn sie *Nein* sagt.

Vorsichtig ziehe ich mich aus ihr heraus, greife nach einer Decke, die am anderen Ende des Sofas liegt, und breite sie über uns aus, während ich Ava in meine Arme ziehe. Sie liegt mit dem Rücken an meiner Brust, warm und weich.

»Ich kann dich nicht heiraten «, sagt sie in die Stille hinein. Obwohl die Stadt an diesem Samstagabend vor Leben pulsiert, ist es hier oben ziemlich ruhig.

»Warum nicht? Bist du bereits verheiratet?«, frage ich ins Blaue hinein.

»Nein, wenn ich es wäre, wüsstest du es sicherlich, oder?«, fragt sie und ich spüre ihr Schmunzeln an meinem Arm.

»Da könntest du eventuell recht haben«, stimme ich ihr zu.

»Jaden, wir leben zwei unterschiedliche Leben, wir passen nicht zusammen.«

»So? Ich finde, wir passen sogar sehr gut zusammen.«

Ava zittert und ich erhebe mich, nehme sie auf meine Arme und trage sie die Treppe hinauf ins Schlafzimmer.

»Brauchst du irgendetwas?«, frage ich, doch sie schüttelt nur den Kopf.

Sie sieht bezaubernd aus, mit ihren erhitzten Wangen und den zerzausten Haaren, in die ich vor Kurzem noch mein Gesicht gedrückt habe.

9. Kapitel

Hier in seinen Armen zu liegen, ist wunderschön, und doch weiß ich, dass ich es nicht verdient habe. Nicht mit dieser Lüge im Nacken, die ich bereits so lange lebe. Ich muss es Jaden sagen, doch ich bin so weit von der Wahrheit entfernt, wie nur irgendwie möglich. Ich habe sie alle angelogen, Mom, Harry und vor allem Jaden.

Jetzt, wo ich seine Wahrheit kenne, wiegt meine Lüge umso schwerer. Vielleicht habe ich zu Anfang damit gerechnet, dass Jaden es herausfindet, so, wie er herausgefunden hat, dass Pierce in meiner Einliegerwohnung lebt. Doch scheinbar hat er nicht tief genug gegraben.

Ich schließe die Augen und stelle mir vor, wie es wäre, seine Frau zu sein. Mrs Ava Styles – ja, das hört sich in meinen Ohren wundervoll an. Doch es wird nur ein Traum bleiben. Sollte Jaden jemals die Wahrheit herausfinden, wird er mich für immer hassen.

Und vor diesem Hass habe ich Angst. Ich kann ihn nicht heiraten, auch wenn ich mir vor Jahren nichts anderes gewünscht habe.

»Wirst du mir jemals verzeihen können?«, fragt Jaden und seine Augen scannen mein Gesicht, als würde dort die Antwort auf seine Frage zu finden sein.

»Oh, Jaden«, ich streiche zärtlich sein Kinn, auf dem schon wieder schwarze Bartstoppeln zu sehen sind, »es gibt nichts zu verziehen. Ich wollte nur, du hättest mir viel eher davon erzählt.«

»Das wünschte ich auch«, sagt Jaden und zieht mich ganz fest an seine Brust.

Der Morgen kommt schneller als erwartet und ich träume davon, den Rest meines Lebens einfach in Jadens Armen zu verbringen.

Ich beobachte ihn, während er schläft, wie entspannt seine Gesichtszüge sind, wie die schwarzen Wimpern einen Halbkranz unter seinen Augen bilden. Sein dunkles Haar steht wirr von seinen Kopf ab. Mir kommt dieses Bild so bekannt vor und auch wieder nicht.

Der Klingelton meines Handys dringt leise

aus dem unteren Geschoss an mein Ohr und ich ziehe mir ein T-Shirt über, das ich auf einem Sessel finde. Es gehört Jaden, meine Kleidung liegt ja noch draußen auf der Terrasse. Ich laufe schnell ins Wohnzimmer hinunter und suche in meiner Handtasche, die ich dort gestern Abend abgestellt habe, nach dem Handy. Der Klingelton ist bereits wieder verstummt, doch ich sehe, dass Mom versucht hat, mich zu erreichen. Ich tippe auf Rückruf.

»Mom, hi!«, sage ich, als sie sich am anderen Ende meldet.

»Ava, Kind! Ist alles in Ordnung? Harry und ich fragen uns, wo du bist. Ist Jaden bei dir?«

Ich höre die Sorge in ihrer Stimme.

»Ja, Mom. Ich bin mit Jaden in New York, aber wir kommen heute Abend zurück, versprochen. Du brauchst dir keine Sorgen zu machen.«

»Gut, mein Kind. Heute Abend fahren die letzten Kinder ab, dann haben wir einige Tage frei.«

»Das ist toll. Ich freue mich. Bis später«, sage ich und lege auf.

Ich schaue auf und sehe Jaden oben am Treppenabsatz stehen.

»Mom«, sage ich und hebe die Schultern.

»Sie schafft es immer wieder. Ich sage dir, sie hat einen sechsten Sinn dafür«, sagt er und dreht sich um, steuert das Schlafzimmer an.

Ich folge ihm und lege mich zu ihm ins Bett. »Was schafft sie immer wieder?«

»Mir ein scheiß schlechtes Gewissen zu machen«, stöhnt er und legt den Arm über seine Augen.

»Warum macht sie dir ein schlechtes Gewissen?«, frage ich und kuschle mich in seine Arme.

»Mom hat mir ins Gewissen geredet, dass ich dich in Ruhe lassen soll.«

»Wann?«

»Als wir gestern im Firework waren und du mit Luc geredet hast. Hat sie vielleicht recht? Soll ich dich in Ruhe lassen?«

Oh Mann, was für eine Frage. Eigentlich ganz einfach und doch so schwerwiegend.

»Ist es das, was du möchtest? Mich in Ruhe lassen?«, frage ich statt einer Antwort.

Zärtlich streicht er über meinen Oberarm. »Du weißt, dass ich das nicht kann, selbst wenn ich es wollte. Ich liebe dich und möchte, dass wir unser Leben zusammen verbringen. Wir haben schon zu viel Zeit vergeudet.«

Ich blicke zu ihm auf und sehe, dass er die Wahrheit spricht. Pure Liebe steht in seinem Blick und sie beflügelt mein Herz, das aufgeregt in meiner Brust schlägt.

Ich liebe dich auch, will ich sagen, doch stattdessen recke ich mich ein wenig hoch, um ihn zu küssen. Kaum berühren sich unsere Lippen, klingelt erneut mein Handy.

»Nicht schon wieder Mom «, stöhnt Jaden und grinst. »Lass es schellen.«

»Es könnte etwas Wichtiges sein.« Schon bin ich aus dem Bett und renne die Treppe hinunter.

Als ich sehe, wer der Anrufer ist, nehme ich schnell den Anruf an, bevor er auflegt.

»Ja?«, melde ich mich knapp.

»Hi, ich bin's, Pierce.«

»Pierce!«

»Kannst du kommen? Wir brauchen dich hier!« Seine Stimme ist ernst.

»Was ist passiert? Ist etwas mit Jace?«

»Der Bus, der ihn zu dem Turnier bringen sollte, hatte einen Unfall, Jace liegt im Krankenhaus.«

»O Gott, wie schlimm ist es?«

»Er hat eine Menge Blut verloren und ist bewusstlos, wir brauchen dich hier.«

»Ich komme sofort, ich nehme den nächsten Flieger.«

Ohne das Gespräch zu beenden, schmeiße ich das Handy auf den Tisch und drehe mich panisch im Kreis. Nein, das darf nicht wahr sein! Ihm darf nichts passiert sein!

»War das dieser Pierce?«, und als ich nicht antworte, fragt Jaden: »Wer ist Jace?«

»Ich kann dir das nicht sagen, ich ... ich muss nach Hause. Sofort.«

Hektisch laufe ich durch das Schlafzimmer hinaus auf die Terrasse und suche meine Kleidung zusammen. Mist, mein String ist kaputt, also muss ich die Jeans so anziehen, kein gutes Gefühl, aber das ist jetzt alles vollkommen unwichtig.

»Ich muss zum Flughafen«, rufe ich und suche meine Schuhe. Verflucht, warum musste ich auch diese blöden High Heels anziehen?

Aus dem Augenwinkel sehe ich, dass Jaden sich ebenfalls anzieht.

»Soll ich dich fahren?«

»Nein, ich nehme mir ein Taxi.«

»Du gehst jetzt einfach?« Sein Ton ist nicht begeistert.

»Jaden, ich muss nach Hause. Bitte stell mir keine Fragen.«

Ich schnappe meine Tasche und rufe den Aufzug.

»Es tut mir leid, aber ich kann nicht anders, ich muss zurück nach Florida.«

10. Kapitel

Das nächste Flugzeug in Richtung Florida hebt in einer halben Stunde ab, das Boarding hat bereits begonnen. Ich komme mir merkwürdig vor, zwischen all den Reisenden, so ganz ohne Gepäck, nur mit meiner Handtasche. Doch im Grunde ist das alles ohne Bedeutung. Meine Gedanken sind bei Jace – ich werde beinahe verrückt, als ich mir vorstelle, was alles geschehen kann.

Warum fliegt dieses Flugzeug nicht endlich los? Immer neue Passagiere steigen ein. Warum schließen sie nicht endlich das Gate? Verdammt!

Neben mir lässt sich ein junger Mann nieder, mit großen bunten Kopfhörern an den Ohren. Waren die nicht mal in den Achtzigern modern? Ich schließe meine Augen und lege den Kopf nach hinten. Es fällt mir schwer, mich zusammenzureißen und nicht hektisch im Flugzeug hin und her zu laufen.

»Verzeihung, was hältst du davon, wenn ich

dir hundert Dollar gebe und du mir deinen Platz überlässt?«

Der Satz ist zwar nicht an mich gerichtet, aber die Stimme kommt mir bekannt vor. Ich reiße meine Augen auf und sehe Jaden im Gang stehen, wir er meinem Platznachbarn sein Ticket anbietet. »1. Klasse!«, meint Jaden und wedelt mit einer Hundertdollarnote vor dem Gesicht des jungen Mannes herum.

»Hey, Sie scheinen ja eine Wahnsinnsfrau zu sein«, meint er mit einem Seitenblick auf mich, schnappt sich das 1. Klasse Ticket samt Geldschein und überlässt Jaden den Platz neben mir.

»Was machst du hier?«, frage ich total überrumpelt und kriege nur am Rande mit, dass das Flugzeug endlich zur Startbahn rollt.

»Ich fliege mit dir.«

»Nein, das geht nicht. Du kannst nicht mit mir nach Florida fliegen.«

»Und wie das geht. Wir tun es bereits.«

Der provozierende Blick, den Jaden mir zuwirft, signalisiert mir, dass er mehr weiß, als er vorgibt.

Oh nein, bitte ... lass es nicht wahr sein.

Meine Augen füllen sich mit Tränen. Das hier ist mehr, als ich im Moment ertragen kann.

»Wann hattest du vor, es mir zu sagen? Hattest du es überhaupt vor? Oder war es deine Rache dafür, dass ich dich verlassen habe?«

Jadens Stimme und sein Blick sind so eisig, dass mir ein Schauer über den Körper rinnt, und zwar keiner der guten Art.

Ich spüre, wie mir die Tränen über die Wangen laufen, aber ich kümmere mich nicht darum. Wir werden in die Sitze gedrückt, als das Flugzeug endlich startet, und ich kralle mich an dem Sitz fest. Ich hasse es zu fliegen, und wann immer es sich vermeiden lässt, umgehe ich es, doch das hier ist zu wichtig, als dass ich auch nur eine Minute vergeuden kann. Es geht um Jaces Leben. Dem Menschen, dem meine Liebe gehört.

* * *

»Wie lange weißt du es schon?« Avas Stimme ist nur ein Flüstern und ich sehe, wie geschockt sie ist. Aber die Ereignisse haben sie überrollt, ich musste ihr auf die harte Tour klarmachen, dass ich ihr Geheimnis kenne, sie kann mir nichts mehr vormachen.

»Die ganze Zeit.«

Sie nickt, ohne mich anzusehen.

Verdammt, ich tue ihr weh, aber ich kann nicht anders. Auch sie hat mir wehgetan. Ich will zwar nicht Gleiches mit Gleichem vergelten, doch so ist die Situation nun einmal. Dass sie mir die ganze Zeit nichts erzählt hat, kann ich einfach nicht fassen. Wie tief muss ich sie verletzt haben, dass sie geschwiegen hat.

Sie kramt aus ihrer Handtasche ein Taschentuch und wischt ihre Augen, putzt die Nase. Es bricht mir fast das Herz, sie so leiden zu sehen, doch es gibt nichts, was ich ihr sagen kann. Ich starre geradeaus, auf den Sitz vor mir.

»Wie hast du es herausgefunden? Hast du doch meine E-Mails gelesen?«, fragt sie und ihre Stimme klingt gefasst. Fast so, als wäre sie froh, dass endlich die Wahrheit ans Licht gekommen ist.

»Nein, ich habe deine E-Mails niemals gelesen, auch wenn ich es gekonnt hätte. Nur einmal, durch einen Zufall, kam eine

Nachricht durch, die dieser Pierce an dich geschrieben hat.«

»Wie lange ist das her?«

»Ungefähr ein halbes Jahr.«

»Warum hast du dich dann nicht eher bei mir gemeldet?«

»Du warst noch nicht so weit.«

Ava stößt ein Schnaufen aus. »Du meinst wohl, du warst noch nicht so weit, oder?«

Ich schaue sie an und bin sprachlos. Ja, vermutlich hat sie recht, aber etwas in mir will es nicht zugeben. Noch nicht.

»Sag mir, was passiert ist«, bitte ich sie und versuche, meiner Stimme eine gewisse Wärme zu geben.

»Es hat einen Unfall gegeben, er ist ohne Bewusstsein.« Ihre Stimme ist tonlos, ihr Blick leer.

* * *

Wir nehmen den direkten Weg vom Flughafen zum Krankenhaus. Dort schickt man uns auf die Intensivstation. Wir müssen an der Tür warten, bis man uns hineinlässt.

Uns werden grüne Kittel in die Hände gedrückt, die wir überziehen. Vor einem Zimmer treffe ich auf Pierce und falle ihm weinend in die Arme.

»Mein Gott, was ist nur passiert? Ich hätte ihn niemals alleine lassen dürfen«, schluchze ich laut auf und kann meine Tränen nicht zurückhalten.

»Hey, Baby, alles wird wieder gut. Er schläft tief und fest.«

Ein Räuspern neben uns lässt mich aufblicken und ich schaue zu Jaden hinauf.

»Oh, Jaden, das ist Pierce Hutton, mein Untermieter. Pierce, darf ich dir Jaden Styles vorstellen, er ist ... nun er ist ...«

»Ich bin Jaces Vater.«

11. Kapitel

Er liegt in dem weißen Bett und mir ist, als schaue ich in einen Spiegel. Ich sehe in mein Gesicht, als ich elf Jahre alt war. Jace ist mir so ähnlich, dass ich ihn nicht leugnen könnte, selbst, wenn ich es wollte. Ich bin froh, dass ich mich ein halbes Jahr an den Gedanken gewöhnen konnte, ein Vater zu sein.

Ava sitzt an seinem Bett und hält seine rechte Hand, der linke Arm trägt einen Gips. Seine dunklen Haare sind etwas länger, so wie meine. Die Form seiner Lippen hat er von seiner Mutter, unübersehbar, sie sind denen, die ich in den letzten Tagen hundertmal geküsst habe, sehr ähnlich.

Ich kann nur hoffen, dass er bald wieder aufwacht, denn ich will ihn kennenlernen, ich will für ihn da sein. Das, was ich für ihn tun konnte, habe ich getan. Mein Blut mit der seltenen Blutgruppe AB positiv gespendet. Er hat wohl mehrere Transfusionen bekommen, wir müssen warten, bis er erwacht. Dann wird sich zeigen, wie es um ihn steht.

Draußen ist es bereits dunkel und Ava kann kaum noch die Augen offenhalten. Ich habe uns in der Zwischenzeit einen Mietwagen besorgt und berühre Ava am Arm.

»Komm, lass uns gehen. Jace wird schlafen, wir kommen morgen früh wieder.«

»Nein, ich kann ihn nicht allein lassen.«

»Bitte, Ava. Du musst schlafen, um nicht schlappzumachen. Jace wird dich brauchen, wenn er wieder wach wird.«

Mit großen Augen starrt sie mich an. Nach einem Blick auf Jace nickt sie.

»Bis morgen, mein Liebling!«, flüstert sie, küsst seine Stirn und verlässt dann den Raum.

»Wir sehen uns, mein Sohn.« Die Worte kommen mir ganz leicht über die Lippen, ich habe sie tausend Mal gedacht. Sanft drücke ich seine Hand.

* * *

Der Leihwagen, den Jaden besorgt hat, steht auf dem Parkplatz und ich weise ihm den

Weg zu meinem Haus. Als er vor der Garage parkt, sage ich leise: »Du kannst bei mir übernachten, ich habe ein Gästezimmer.«

»Das Zimmer brauchen wir nicht.«

Will er nicht in meinem Haus übernachten? Es ist mir egal. Ich fühle mich, als wäre mein Leben zu Ende. Wie ein ferngesteuerter Roboter schließe ich die Haustür auf und lasse mich kurze Zeit später auf das Sofa fallen.

Erst als Jaden eine Tasse Tee vor mir auf den Tisch stellt, erwache ich aus meiner Starre.

»Danke.« Ich nehme einen Schluck, er schmeckt süß, und obwohl es sehr warm ist, bin ich dankbar für das wärmende Getränk.

Jaden setzt sich zu mir, zieht mich in seine Arme.

»Er wird wieder gesund«, sagt er bestimmt und ich will ihm einfach glauben.

»Meinst du?«

»Er ist mein Sohn, er ist ein Kämpfer, ich bin mir ganz sicher. Was genau ist passiert?«

»Jace war auf dem Weg zu einem Tennisturnier, mit einigen anderen Kindern. Der Bus wurde in einen Unfall verwickelt und Jace, der ganz vorne saß, erlitt neben dem

Armbruch auch noch innere Verletzungen, er wurde operiert. Die anderen Kinder hatten Glück. Ich hätte bei ihm bleiben sollen! Wie konnte ich ihn nur allein lassen?«

»Du hättest diesen Unfall nicht verhindern können, mach dich nicht selbst fertig. Du musst stark sein, wenn Jace wieder erwacht.«

»Und wenn nicht?«

»Das wird nicht passieren. Komm, lass uns schlafen.«

Ich gehe ins Bad vor, und als ich wieder ins Schlafzimmer komme, liegt Jaden bereits im Bett. In meinem Bett. Vermutlich hat er das Bad im Gästezimmer benutzt. Ohne etwas zu sagen, lege ich mich zu ihm, ich habe einfach keine Kraft, mit ihm zu streiten.

Sobald ich liege, löscht Jaden das Licht und zieht mich in seine Arme.

»Es tut mir leid, dass du es so erfahren musstest«, flüstere ich, doch Jaden brummt nur: »Jetzt nicht, lass uns morgen darüber sprechen. Ich möchte dich heute Nacht nur im Arm halten.«

Am nächsten Morgen stehe ich früh auf, um Frühstück zu machen. In der Küche treffe ich auf Pierce, der Milch und Eier, sowie Brot und einige andere Lebensmittel in meinen Kühlschrank räumt.

»Hi, Baby! Ich habe für dich eingekauft.«

»Danke, Pierce.« Ich küsse ihn auf die Wange und lade ihn ein, zum Frühstück zu bleiben.

»Das ist also Jaces Dad? Ich habe ihn mir irgendwie anders vorgestellt.«

Ich blicke Pierce über den Rand meiner Tasse an. »Wie anders?«

»Nun, vielleicht älter, nicht so ein Typ, der ganztags als Model arbeitet«, grinst Pierce und schmiert mir ein Brot. »Hier, du musst etwas essen.«

Ich winke ab. »Nein, danke, ich habe keinen Hunger.«

»Du musst aber etwas essen.«

»Pierce hat recht. Jace braucht seine Mom, wenn er aufwacht.« Jaden steht plötzlich hinter mir, ohne dass ich ihn vorher wahrgenommen habe. Er küsst meine Schläfe und nickt Pierce zu, bevor er sich zu uns an den Tisch setzt.

Pierce schüttet ihm eine Tasse Kaffee ein

und irgendwie habe ich das Gefühl, als steuerten wird hier auf eine Katastrophe zu.

»Was machst du beruflich?«, fragt Jaden an Pierce gewandt.

»Ich bin Surflehrer, habe eine eigene Surfschule unten an der Hillsboro Beach. Was machst du?«

»Ich habe eine Firma für Internetsicherheit.« Mehr hat er nicht dazu zu sagen, stattdessen wirft er mir einen Blick zu und lächelt.

O Gott, wenn Pierce wüsste, dass Jaden seinen E-Mail-Verkehr überwacht hat! Ich will gar nicht darüber nachdenken.

»Wir müssen uns beeilen«, sage ich und fange an, den Tisch abzuräumen.

»Lass gut sein, ich mach' das schon. Seht zu, dass ihr ins Krankenhaus kommt«, meint Pierce und nimmt mich in den Arm. Ein Blick auf Jaden lässt mich erstarren. Verflucht, sein Gesichtsausdruck ist gar nicht freundlich.

Im Krankenhaus gibt es nichts Neues. Jace hat die Nacht gut überstanden, eine letzte Untersuchung seines Gehirns hat ergeben, dass es nicht geschwollen ist.

Ich beobachte Jaden dabei, wie er an Jaces Bett sitzt und leise auf den Jungen einredet. Eigentlich sollte mich dieses Bild freuen, doch die Angst um meinen Sohn schnürt mir die Kehle zu und lässt meine Empfindungen zu Eis gefrieren.

Zur Mittagszeit schleppt Jaden mich in die Cafeteria und wir essen einen Hamburger.

»Wissen Mom und Harry Bescheid?«, frage ich ihn und kann nur hoffen, dass ich die Gelegenheit erhalte, Mom selbst von ihrem Enkel zu berichten.

»Nicht über Jace. Ich habe ihnen gesagt, dass es ein berufliches Problem gibt und wir deshalb nach Florida mussten.«

»Danke«, flüstere ich und schaue Jaden zum ersten Mal richtig in die Augen.

»Ich habe erst bemerkt, dass ich schwanger war, als ich New Haven bereits verlassen hatte. Ich war zu stolz, um wiederzukommen. Mit einigen Aushilfsjobs habe ich mich über Wasser gehalten, bis ich eine Festanstellung in einem Café bekam. Jace kam zur Welt und ich arbeitete danach weiter, zwischendurch schrieb ich meinen ersten Roman. Dann ging alles ganz schnell. Ich fand einen Verlag und das Buch wurde direkt ein Bestseller, so konnte ich den Job in dem Café aufgeben. Ich fing wieder an zu studieren und schrieb weiter meine Bücher. Ich war so stolz darauf, dass ich das alles ganz allein geschafft habe. Irgendwann war es in meinen Augen zu spät, dir etwas von dem Kind zu sagen. Ich hatte Angst, du würdest ihn genauso im Stich lassen, wie du es mit mir getan hast. Jaden, es tut mir wirklich leid.«

Jaden hat mir die ganze Zeit zugehört, mich nicht unterbrochen, aber ich kann aus seinem Blick nicht schließen, was er wirklich über mein Geständnis denkt. Ist er mir böse? Ist er wütend auf mich? Wird er mir je verzeihen können?

»Ich würde lügen, wenn ich behaupte, ich wäre nicht wütend auf dich gewesen, als ich es herausgefunden habe. Zuerst dachte ich, dass dieser Pierce der Vater des Jungen sei. Doch als ich herausfand, wie alt Jace ist, war mir klar, dass ich einen Sohn habe. Es musste einfach so sein. Natürlich hättest du auch mit einem anderen schlafen können, aber ich wusste einfach, dass es nicht so war. Vor allem, als ich merkte, dass Mom und Dad nichts von ihrem Enkel wussten.«

»Ich konnte es ihnen nicht sagen, mir fehlte der Mut und dann war es zu spät.«

»Für die Wahrheit ist es nie zu spät.«

»Das wird mir Mom niemals verzeihen.«

Jaden ergreift meine Hand, drückt sie zart. »Liebe verzeiht alles, Ava!«

12. Kapitel

»Guten Tag, ich bin Dr. Wade. Die ganzen Apparate dienen nur zur Überwachung. Sie dürfen jetzt zu Ihrem Sohn. Wir hoffen, dass er in den nächsten Stunden aufwacht. Seine Vitalfunktionen sind sehr gut. Ich werde später wieder nach ihm sehen. Aber er ist ein kräftiger kleiner Kerl.« Tröstend drückt Dr. Wade meine Schulter und nickt Jaden aufmunternd zu, dann verlässt er den Raum.

Jace sieht so friedlich aus, wie er da liegt, mein kleiner schwarzhaariger Engel. Ich spüre Jadens Hand auf meiner Schulter.

Ich ergreife Jaces Finger und streichle sie zärtlich.

»Weißt du, dein Sohn ist ein richtiges Tennis-As. Er wird es einmal weit bringen. Wenn er wieder gesund ist, solltest du mal mit ihm spielen.« Ich schaue Jaden an und versuche ein scheues Lächeln, aber vielleicht will er ja gar keinen Kontakt zu Jace, warum sonst hat er sich nicht eher gemeldet?

»Habe ich das Turnier verpasst?«

Das dünne Stimmchen lässt meinen Herzschlag für einen Moment aussetzen.

»Jace!«, ich flüstere, weil meine Stimme versagt.

»Hi, Mom!« Er lächelt, wenn auch sehr müde, aber Jace lächelt.

»Ich hole den Arzt!«, ruft Jaden und ist schon aus dem Zimmer.

Endlose fünfundvierzig Minuten müssen wir warten, bis wir endlich wieder zu Jace können. Man hat ihn in seinem Bett ein wenig mit Kissen aufgerichtet, aber er ist noch zu schwach, um richtig zu sitzen. Ich schreibe trotzdem schnell eine SMS an Pierce, dass Jace aufgewacht ist und es ihm gut geht.

Jaden und ich vereinbaren, Jace noch nicht damit zu konfrontieren, dass Jaden sein Vater ist. Wir wollen damit warten, bis er völlig gesund ist. Diese Nachricht wird ohnehin für Jace nicht einfach zu verarbeiten sein.

»Mein Schatz, wie geht es dir? Hast du Schmerzen?« Ich nehme Jace in die Arme und drücke ihn vorsichtig.

»Gut, Mom. Ich bin nur so müde.« Er gähnt zaghaft. Sein Blick geht hinüber zu Jaden, der sich die ganze Zeit im Hintergrund gehalten hat.

»Das ist Jaden, er ist ... dein ... ein Freund, Jaden war mein Freund, als ich noch zum College gegangen bin«, erkläre ich umständlich.

»Hi, Jaden.«

»Hi, Kumpel«, meint Jaden und kommt zu uns herüber.

Jace schaut ihn an. »Du bist ein Freund von Mom?«, fragt er leise.

»Ja, wir kennen uns schon eine halbe Ewigkeit.«

»Dein Haar hat die gleiche Farbe wie meines. Deine Tattoos sind cool.« Er starrt auf Jadens Arme und gähnt. »Wenn ich älter bin, darf ich mir auch eines stechen lassen, das hat Mom mir versprochen. Weißt du, dass Mom auch eines hat?«

»Ja, natürlich. Es sieht aus wie meines, nur ein wenig kleiner, mit einem J in der Mitte, für Jaden.«

»Nein«, Jace lächelt müde. »Das J steht für Jace, weil sie meinen Namen schon immer so cool fand.« Er spricht leise, aber im Brustton der Überzeugung.

Ich suche Jadens Blick und schaue ihn eindringlich an.

»Ja, natürlich. Sie hat mir ständig in den Ohren gelegen und erzählt, wenn sie mal einen kleinen Jungen bekommt, dann wird er Jace heißen.«

»Eigentlich heiße ich Jace Harry.«

Ich atme laut aus. Dieses Gespräch driftet in eine Richtung, die ich vermeiden wollte.

»Wirklich? Weißt du, das ist ja ein Zufall, mein Name ist Jaden Harry und mein Vater heißt auch Harry, er war früher mal ein großer Tennisstar.«

Jadens Blick bohrt sich in meinen und meine Wangen glühen, ich spüre die Hitze in meinem Gesicht. Dann lächelt er und flüstert ein lautloses *Danke.*

»Wirklich? Dein zweiter Name ist auch Harry?«

»Ja, aber ich denke, du solltest jetzt ein wenig schlafen, mein Kleiner. Wir sehen morgen wieder nach dir.«

»Kommst du morgen auch wieder mit?« Jace fallen bereits die Augen zu.

»Auf jeden Fall, Kumpel.«

»Okay, Mom ... ich hab dich lieb.«

»Ich hab dich auch lieb, mein Kleiner. Schlaf schön. Bis morgen.« Doch ich glaube, das hört Jace nicht mehr, denn er ist eingeschlafen.

An der Tür wartet Dr. Wade auf uns.

»Jace geht es wirklich gut. Er hat zwar eine Unterarmfaktur, aber sie wird problemlos heilen. Ich habe gehört er spielt Tennis?«

Ich nicke. »Ja, er ist wirklich gut.«

»Ich denke, da wird es keine Probleme geben. Er ist ein gesunder, kräftiger Junge. Wenn er sich weiter so gut erholt, können Sie ihn in zwei bis drei Tagen mit nach Hause nehmen. Morgen werden wir ihn verlegen, er bleibt nur noch heute Nacht zur Beobachtung hier auf der Intensivstation.«

Mir fällt ein Stein vom Herzen, ich bin absolut sprachlos.

»Wir können Ihnen nur danken, Doktor«, sagt Jaden.

»Und Sie sind?«, fragt Dr. Wade freundlich.

»Jaden Styles, ich bin Jaces Vater.«

Es hört sich in meinen Ohren so fremd an, doch gleichzeitig auch so vertraut. In meinem

Kopf hat es nie einen anderen Vater für Jace gegeben als Jaden.

»Danken Sie nicht mir, das Schicksal hat es gut mit Ihrem Jungen gemeint.«

Damit verabschiedet sich Dr. Wade.

* * *

Es ist später Nachmittag, als wir wieder in Avas Haus ankommen. Es ist eines dieser üblichen Einfamilienhäuser, die fein säuberlich an der Straße aufgereiht sind.

Die Luft riecht salzig, das Meer ist nicht weit. Aus der Hitze des Tages ist eine unangenehme Schwüle entstanden, die einem die Kleidung am Körper kleben lässt. Dunkle Wolken brauen sich am Himmel zusammen und jeder wartet nur auf den Regenguss, damit es sich abkühlt.

Ava und ich sitzen auf der überdachten Terrasse hinter dem Haus, die etwas erhöht liegt, weil darunter die Einliegerwohnung dieses Pierce liegt. Ich habe nicht damit gerechnet, dass er so jung und gut aussehend ist. Er trägt sein langes, von der Sonne gebleichtes Haar immer zu seinem Zopf gebunden und eine Menge dieser modischen Armbänder aus Leder baumeln an seinem Arm. Er ist gebräunt, was bei seiner Tätigkeit als Surflehrer ja auch kein Wunder ist.

Ava hat uns Eistee gemacht. Auch wenn er kalt ist, bringt er nicht wirklich eine Abkühlung. An die Terrasse schließt sich ein großes Stück Garten an, der zum größten Teil aus Rasen besteht.

»Du wohnst hier wirklich schön «, beginne ich das Gespräch, als Ava sich endlich zu mir setzt. Die ganze Zeit ist sie wie ein aufgescheuchtes Huhn durch das Haus gelaufen.

»Ja, ich liebe es, hier auf der Terrasse zu sitzen und zu schreiben. Das Wetter lässt es ja meistens zu.« Ihr Blick geht zum Himmel und ich folge ihm.

»Danke«, sagt sie plötzlich. »Danke, dass du da warst, als Jace dich gebraucht hat.«

»Blut spenden war das Wenigste, was ich für ihn tun konnte.«

»Danke, dass du für mich da warst.«

Ich schaue sie an und etwas in ihrem Blick hat sich verändert. Er ist weicher geworden.

Obwohl wir uns so nah waren, habe ich immer die Distanz darin gesehen, sie ist mit einem Mal verschwunden und ich fühle mich Ava plötzlich sehr nah.

»Hi, Leute! Ich habe die gute Nachricht gerade gelesen!« Pierce kommt mit seinem Handy in der Hand um die Ecke und löst damit den Bann unserer Blicke.

»Oh, Pierce! Ist das nicht wundervoll?«, fragt Ava und springt im gleichen Moment auf, fällt ihm um den Hals. Diese Aktion gefällt mir ganz und gar nicht. Er legt eine Hand locker auf ihre Hüften und ich könnte aufspringen, um ihn einfach umzuhauen.

»Danke, Pierce, dass du dich um Jace gekümmert hast, als ich nicht da war. Ich werde ihn nie mehr allein lassen! Es wird keine Lesereisen mehr geben«, sagt Ava bestimmt.

»Hey, Baby, darüber müssen wir aber noch mal sprechen.«

Diese Worte bringen das Fass zum Überlaufen! Was bildet sich dieser Typ nur ein?

Ich springe auf und ziehe ihn von Ava weg.

»Hey, gehts noch?«, fragt er aufgebracht, doch es ist zu spät, ich habe schon ausgeholt und schlage ihm meine Faust gegen das Kinn. Er taumelt, fällt aber nicht.

»JADEN!«, ruft Ava aufgebracht und will zu Pierce eilen, doch der hält sie auf Abstand.

»Ist alles in Ordnung. Ich glaube, ich schlafe heute besser bei Mike.« Damit macht er auf dem Absatz kehrt.

»Wer ist Mike?«, brülle ich aufgeregt.

Ava starrt mich mit großen Augen an. »Das ist sein fester Freund, du Volltrottel!«, schreit sie und macht auf dem Absatz kehrt, rennt in den Garten, obwohl die ersten Regentropfen fallen.

Sie wird immer schneller, und bis ich endlich kapiere, was hier los ist, ist sie schon ein ganzes Stück von mir entfernt. Ich renne in den Regen, hinter Ava her. Als ich endlich bei ihr angelangt bin, bin ich völlig außer Atem.

»Verdammt! Warte doch mal!«, schreie ich gegen den Regen an und halte sie am Arm fest.

Wutentbrannt dreht sie sich zu mir um. Ihre Haare und die Kleidung sind mittlerweile völlig durchnässt, doch es scheint sie nicht im Geringsten zu stören.

»Er ist also doch schwul?«, frage ich verblüfft und kann es nicht glauben.

»Ja, du bekloppter Kerl! Pierce ist nur ein guter Freund. Er war immer für mich da, wie kannst du nur auf ihn eifersüchtig sein?«, schreit sie und ich sehe trotz des Regens, wie Tränen ihre Wange hinunterrollen.

»Es tut mir leid«, rufe ich und ziehe sie in meine Arme. Obwohl Ava sich wehrt, bin ich stärker, schließe meine Arme eisern um sie. »Es tut mir so leid, Butterfly! Kannst du mir verzeihen? Ich habe einen riesigen Fehler gemacht! Ich hätte dich niemals verlassen dürfen, noch nie war mir das so bewusst, wie in diesem Moment.«

Sie hört auf, sich gegen mich zu wehren, klammert sich verzweifelt an mich. Der Platzregen prasselt auf unsere Körper, aber wir lassen es einfach geschehen, schauen uns nur an. Ich wische ihre Tränen fort, so, als könnte ich damit die letzten zwölf Jahre einfach fortwischen.

»Ich liebe dich«, flüstere ich. Dann beuge ich mich hinunter und küsse sie. Es ist ein verzweifelter, hungriger Kuss und Ava klammert sich an mich, als würde es auf dieser Welt nichts anderes geben, woran sie sich festhalten kann.

* * *

»Ich liebe dich auch«, höre ich mich an seinen Lippen flüstern und mir ist ganz schwindelig.

Das ist alles zu viel für mich. Mir laufen die Tränen übers Gesicht und es ist, als reinigten sie meine Seele, als nähmen sie endlich den Druck von meinem Herzen. Ich fühle mich plötzlich so befreit, als hätte ich in den letzten Jahren nur auf diesen Tag gewartet. Vielleicht habe ich es sogar.

»Wirst du mich heiraten?«, fragt Jaden mich und sein Blick erinnert mich an Jace, wie er Weihnachten auf seine Geschenke wartet.

»Ja«, hauche ich. »Ja, ich will dich heiraten.«

»Oh danke, Gott! Ich danke dir so sehr! Dann hat unsere Geschichte also doch ein glückliches Ende.« Er hebt mich auf seine Arme und wirbelt uns herum. Seine Augen funkeln, fast so, als würde sich die Sonne darin spiegeln, von der es aber weit und breit keine Spur gibt. In Jadens Armen sieht meine Welt immer so hell aus, ich fühle mich in seiner Nähe, als könnte mir nichts mehr passieren.

»Lass uns reingehen, sonst holst du dir

noch eine Erkältung«, meint Jaden und zieht mich in Richtung Haus.

Plötzlich kommt Pierce aus seiner Wohnung gerannt, am Ohr sein Handy. Er bleibt abrupt stehen. Sein Blick ist verstört, er bewegt die Lippen, doch ich höre nicht, was er sagt. Er räuspert sich laut und ruft: »Es war das Krankenhaus! Ihr müsst sofort hinfahren!«

Danke

Die große Resonanz der ersten beiden Teile habe mich dazu veranlasst, Jaden und Ava noch ein wenig auf ihrem Weg zu begleiten. Ich habe viele private Nachfragen erhalten, wie es denn mit den beiden weitergeht. Das hat mich natürlich sehr gefreut und so habe ich ihnen ein Leben zwölf Jahre später eingehaucht. Danke, liebe Leser, für Ihr großes Interesse. Ich hoffe sehr, dass Ihnen Kissing a Stranger gefällt! Falls ja, würde ich mich über eine Rezension bei Amazon oder auf anderen Portalen sehr freuen!

Danke an meine Lektorin, für die vielen Nächte und die Hilfe!

Zum Schluss, wie immer, Dir danke für Deine Anregungen und Deine Zeit!

Ihre/Eure Kajsa

Jaden – Kissing the real love

Kajsa Arnold

Ersch

eint demnächst!

Infos:

www.oldigor.de

KAJSA ARNOLD
STERBEN IST MEINE RACHE
Oldigor